JN227355

「きみが約束を破って、俺より他の男を優先したのがいけないんだ」

「してません、そんなこと」

　都筑よりも優先したものがあるとすれば、それは仕事だった。誓ってそれだけだ。　　　　　　　（本文より）

カバー絵・口絵・本文イラスト■円陣《えんじん》闇丸《やみまる》

BBN
B●BOY NOVELS

摩天楼の恋人

遠野春日

この物語はフィクションであり、実在の人物・団体・事件等とは、いっさい関係ありません。

CONTENTS

摩天楼の恋人 5
あとがき 224

摩天楼の恋人

どれだけ大勢の人に紛れていても、恋人の姿は一目で見つけられるものだ。

ニューヨーク、ジョン・F・ケネディ国際空港で基《もとい》の顔を見つけた途端、都筑《つづき》は胸の奥から湧《わ》き上がる喜悦を抑えきれなくなった。

三ヶ月ぶりだ。

都筑がアメリカに帰国する際、成田《なりた》に見送りに来てくれた基にいったん別れを告げて以来である。その間ずっと電話では話していたが、実際に会って触れられないもどかしさは予想外に大きかった。都筑は恋をしている実感をひしひしと噛《か》み締め、これまで付き合ってきた誰よりも基に惚《ほ》れきっているのを自覚していた。

「基！」

腕を上げて合図する。

出迎え人でごった返したロビーを見渡し、心許なげな表情を浮かべた基だったが、都筑が呼びかけるとすぐに気がつき、こっちに顔を向けた。

視線を交えるや、上品に整った細面《ほそおもて》が安堵《あんど》と嬉しさでみるみる明るくなる。薄い桜色をした唇が僅《わず》かに開く。

智将《ちしょう》さん――。都筑には基の心の声が聞こえたような気がした。

基が真《ま》っ直《す》ぐこちらに近づいてくる。待ちきれなくて、都筑も人混みを押しのけ、基の方へ歩

み寄っていった。

「智将さん！」

間近まで来て、基は声を弾ませた。

どんなに会いたいと切望しても、昨晩までは夢でしか会えなかった基が目の前に立っている。思い描いていた以上に胸が震え、感激した。半月前、もしかしたら近々そっちに行けるかも、と基から言われ、柄にもなく指折り数えてこの日を待っていたのだが、実際の歓喜は想像していたより二倍も三倍も深い。都筑は基の笑顔にどきどきした。これではまるでティーンエイジャーの初恋のようだ。

「ようこそニューヨークへ、基」

本当はこの場ですぐにでも抱き締めてしまいたいところだったが、そんな大胆なまねをすれば初《うぶ》な恋人は恥ずかしがって狼狽《うろた》えるに違いない。都筑は、この場はぐっとがまんして、礼儀正しく振る舞うことにした。なにしろ基は、根っから育ちのいい、純粋培養されてきたお坊ちゃんだ。心して大事にしなければと自分に言い聞かせる。

「疲れただろう？」

「少しだけ。飛行機に乗ったのは去年ロスと成田を往復したとき以来だったので」

「荷物、俺が持とう」

「あ、すみません」

「車で来ている。こっちだ」

駐車場へと向かう途中、二人は互いに遠慮し合っているような、当たり障《さわ》りのない会話をぽつぽつと交わした。スーツケースは都筑が運び、基はデイパックを左肩にかけた恰好《かっこう》で横を歩く。十センチほどの身長差のある二人は歩幅も違う。都筑は基の速さに合わせ、普段よりゆっくり歩いた。

これから三ヶ月、基はニューヨークでも指折りの超高級ホテル、プラザ・マーク・ホテルで、日本からの研修スタッフとしてサービスの勉強をすることになっている。基の勤務先である新《しん》宿《じゅく》のグラン・マジェスティ・ホテルとプラザ・マーク・ホテルとは、前々から交流が活発で、今回のような研修も頻繁に行われているそうだ。ホテルサービスのノウハウに関しては、まだまだ日本は欧米に倣《なら》うところが多く、グラン・マジェスティではスタッフのほとんど全員を交代で海外研修に出しているという。だからこそのクオリティの高さを、都筑も春に実感した。幹部候補生の基が一般のスタッフ以上にこうした研修の機会に恵まれているのは、当然といえば当然だろう。

それにしても、よく総支配人が許したな、というのが都筑の偽《いつわ》らざる心境だった。

グラン・マジェスティ・新宿の総支配人は基の実兄だ。水無瀬《みなせ》功《いさお》といい、世界各地にあるマジェスティ・ホテル・グループを束ねるオーナー一族の本家嫡男《ちゃくなん》である。次男で末っ子の基とはひとまわりも歳が離れている。功はおっとり世間知らずに育った基とはまるで違い、心の底まで見透かしてしまうような鋭い眼光を持つ、いかにも一筋縄ではいかなさそうな事業家然とした男だ。

功と顔を合わせたとき、都筑は全身に緊張が走り、身が引き締まる思いがした。そのときすでに基とはただならぬ仲になっていたのだが、功は全部お見通しという態度で、二人をヒヤリとさせた。面と向かって反対されはしなかったものの、諸手《もろて》を挙げて認められたと考えていいかどうかはあやしいところだ。単にあの場は基の意志を汲《く》み、鷹揚《おうよう》に構えて懐の深いところを示しただけ――と、その程度に思っておくのが妥当だろう。

基と初めて会ったのは今春だった。

来日した都筑は、逗留《とうりゆう》先のグラン・マジェスティ・新宿でルームサービス係として働いていた基と知り合い、あっという間に恋に落ちてしまったのである。

無垢《むく》で素直、その上いざとなると潔く情熱的な基は、今まで都筑の周囲にいなかったタイプだ。第一印象から都筑は強く惹きつけられた。指先にまで気を遣った典雅な立ち居振る舞いや、清楚《せいそ》な雰囲気の端麗な容貌。もともと都筑は人でも物でも美しく品のあるものが好きだ。基は都筑をずっと眺めていたい気分にさせた。

当初から都筑の滞在は長期になる予定ではあった。日本で新規に興す事業の準備を進めるための商談に、二週間という日程を組んでいたのだ。

同じホテルにそれだけの期間滞在していれば、自然とスタッフとの交流は深くなる。知れば知るほど都筑は基に興味を増し、自分でも訝《いぶか》しくなるほどのめり込んでいった。幸運にも、基の方も都筑を同じような気持ちで見てくれていて、出会ってからほんの十日ほどで親密な関係にまでなってしまった。後から考えれば、大胆なことをしたものだと思う。しかし、後悔はまったくしていない。自然に任せていた結果そうなったという、いわば二人にとっての必然だったのだ。

日本人の血が四分の三流れるクォーターの都筑は、見てくれは日本人に近くても、れっきとした米国籍の事業家だ。基と離れるのは辛《つら》かったが、一度は本拠地のニューヨークに帰らねばならなかった。

必ずもう一度日本に行き、中途半端になっている基との関係をきちんとしたい。今後のことについても腰を据えて話し合わなければならない。このまま行きずりのアバンチュールで終わらせるつもりは毛頭ないのだ。そのために都筑は仕事の段取りをつけるよう努力していたところだったのだが、ある日、基から遠慮がちに「今度そっちに行けるかもしれません」と言い出されたときには、いったいどういうことなのかと目を丸くした。

総支配人からの辞令で、三ヶ月間プラザ・マーク・ホテルで研修することになりそう、と聞き、さらに半信半疑になったものだ。

功の腹の中が読めずに当惑した。いや、読めるのは読めても、本気なのかどうかがわからず、判断に迷ったのだ。

基をニューヨークにやれば、都筑との仲は進展する。功は当然それを覚悟しているはずだ。普通ならそうである。果たして本当に、大事な弟をどこの馬の骨ともしれない日系アメリカ人に委《ゆだ》ねるつもりなのか。それで後悔しないのか。

都筑の見るところ、冷静沈着で何事にも動じる気配のない功だが、こと弟に関しては目の中に入れても痛くないほど可愛がっている。多忙な両親に代わり親代わりも務めてきたそうだから、兄というより保護者に近い感情を持っているのだろう。その分責任も感じているはずだ。女の子を連れてきて結婚するというのならともかく、男を連れてきて彼についていきたいなどと言われたら、驚愕《きょうがく》して怒り、なんとか諫《いさ》めようとするのが普通だという気がする。ところが、功の反応は意外なほど都筑に好意的で、むしろ協力的ですらあるのだ。本気だろうか。すんなりと受け取って喜んでいいものかどうなのか、都筑は決めかねていた。

基自身は兄の真意をどうこうと考えるのではなく、自分の気持ちにただ素直になっているだけのようだ。実に潔い。都筑も感嘆し、羨《うらや》ましくなるほどだ。自分も基のようにあっさりと割り切れればいいと思う。思うのだが、事業家の性《さが》なのだろうか、ついつい裏があるのではないかと勘繰ってしまう癖《くせ》がついていて、なかなか簡単にいかない。

しかし、とにかく、基はこうしてニューヨークにやって来た。

功の思惑は今ひとつ謎だが、案外、もっと簡単に考えればいいのかもしれない。少なくとも功が都筑を気に入ってくれたのは確かなようだ。それは会ったときにはっきりと感じた。弟を任せてもいいと功から認められた、と考えて構わないのなら、都筑も気が楽だ。功の信頼を裏切らないためにも、精一杯基を大切にしたい。

「智将さん？」

そうした考えにつらつらと耽《ふけ》りながら歩いていたせいで、うっかり基の言葉を聞き逃したようだ。

基が黒目がちの大きめの瞳を訝しげに曇らせ、都筑の顔を心配げに見る。

「もしかして、疲れているんじゃないですか？　お仕事、忙しいんでしょう？」

「いや。少し考え事をしていただけだ。すまなかったな、きみの話を聞き逃してしまうとは」

「……考え事って、心配事ですか？」

「違う」

都筑は口角を上げてうっすらと笑い、首を振る。

「むしろとびきり楽しいことだ。たとえば、この先きみが俺のテリトリーにいる間、どこに連れていこうかとか、どんな美味《おい》しいレストランに案内しようかとか、そういったことだ」

「本当ですか」

たちまち基の顔が柔らかく綻《ほころ》ぶ。すっと細めた瞳には喜色と照れとが浮かんでいた。

「基が三ヶ月住むアパートメントホテルは、研修先のホテルに近いのか？」

「はい。総務の方が手配してくれたんですけど、ホテルと同じアッパー・イースト・サイド内の、64丁目に面したところみたいです。すぐ前に大きな病院があって」

「ああ、わかった。二番街と三番街の間にあるところだな」

アッパー・イースト・サイドは、ニューヨーカーの間で憧憬と羨望《せんぼう》の対象となっているエリアだ。セントラルパークの東側に位置し、十九世紀半ば以降からすでに大富豪の住む場所として有名になっていた。このエリアに住むことが、すなわちステイタス、という超一流の高級住宅街である。ここは、住もうと思って住める場所ではない。単にお金があるだけではだめなのだ。なぜならば、もし物件に空きが出たとしても、まず一般にその情報が流出することがない。横の繋《つな》がりで紹介されない限り、このエリアの住民にはなれないと考えた方がよかった。

玄関に制服姿のドアマンが立っている超高級アパートが建ち並び、メトロポリタン美術館を始めとする世界的な美術館の宝庫でもあるこのエリアは、治安も比較的いい。都筑は基の滞在先を聞いて安心した。

駐車場に停めていた車に荷物を積み、基を助手席に座らせる。

マンハッタンまで、だいたい四十分くらいだ。土曜日なのでそれほど渋滞しておらず、走りはスムーズだった。

「やっときみにまた会えた」

都筑があらためて言うと、基は気恥ずかしそうに膝《ひざ》に載せた指に視線を落とし、小さな声で「はい」と答えた。

「会いたかった」

なおも都筑は率直な心情を告げ、運転しながらちらりと横目で基の白い顔を見る。サングラス越しにも、俯《うつむ》きがちになっている基の顔が赤らんでいるようなのが察せられた。綺麗《きれい》に反った睫《まつ》毛《げ》が気持ちの高ぶりを示すように忙《せわ》しなく瞬《またた》く。

「僕も、智将さんに会いたかったんです」

基からも嬉しい言葉を聞かせてくれる。一言ずつ、ゆっくり噛み締めるようにして話す基の言葉には、真摯《しんし》な響きが感じられた。形式的な挨拶《あいさつ》で言っているのではなく、心の底からそう思っているのが伝わってきて、都筑の胸はじんと熱くなる。

「基」

愛情を込めて呼び、右手をステアリングから離して基に向けて差し出す。

基は伏せ気味にしていた顔を上げ、その手にそっと自分の手を重ねてきた。

細い手を、都筑はぎゅっと握り締めた。基も同じように握り返す。しっかりと触れ合った手から、お互いの気持ちがじわじわと伝わってくるようだ。

これから三ヶ月、会おうと思えばすぐ会える距離に基がいる。手を繋ぐことで、ようやくそれが実感できた心地だった。

「まさか、本当にきみがニューヨークに来てくれるとはな。去年ロスで研修したばかりだと聞いていたから、当分は日本を出られないんだろうと思っていた。最初は耳を疑ったよ」

「兄は……僕に結構、甘いんです」

基は躊躇《ためら》いがちに言う。

「僕の気持ちを汲んでこんな計らいをしてくれたのだと思います」

「しかし、お兄さんは、きみと俺との関係を手放しで喜んでいるわけではないんじゃないか?」

「僕もずっと不安だったんですけれど、兄は、自分は一度でも反対した覚えはない、と僕に言いました」

前々から都筑が抱いていた疑問に、基はまだ自分自身が半信半疑な部分を残している様子で答える。

「実際、兄は都筑さんとのことで僕に意見したことは一度もないんです。兄の常からすると、何も言わないのは反対していないということなんですけど。都筑さんとのことは、僕も兄と面と向かってなかなか腹を割った話ができなくて。恥ずかしいんです。兄も照れくさいみたいで、他のことを話すときのようには歯切れがよくありません。でも、もしやめさせたいと思っているのなら、このタイミングで僕を都筑さんがいるニューヨークに出しはしなかったはずだから」

確かに基の言う通りだろう。

都筑は「そうだな」と頷《うなず》き、基に笑顔を向けた。

基の黒い瞳が、眩《まばゆ》そうに細くなる。

「智将さん。本当に、僕なんかでいいんですか?」

「今さらそんなセリフ、許しがたいぞ、基」

あくまで控えめな基に都筑は強く出た。自分の気持ちを疑われたくない。離れていた間にも常に基のことを想い続けていた。オフィスのデスクには、水無瀬家を訪れた際、庭の桜の樹を背景にして二人並んだところをお手伝いさんに撮ってもらった写真が飾ってある。帰国するやいなや、デパートやステーショナリーショップを回って写真に合うフォトフレームを買い、大切に飾ったのだ。こんなことをしたのは初めてである。プライベートの写真をオフィスに持ち込むのも、わざわざ写真のためにフレームを選んだのもだ。それほど都筑は基に対して真剣で、深い気持ちを抱いている。基にもそれをはっきり伝えているつもりだった。

許しがたい、と都筑に窘《たしな》められた基は、ふっと安堵に似た溜息《ためいき》をつく。

「きっと、智将さんはそう言ってくださるんだろうとわかってはいたんです。でも、飛行機に乗っている間、本当にまた会えるんだと思ったら、なんだか少しずつ不安になってきて。僕はだめですね。仕事のことはともかく、その他となるとまるで胸を張るところが見つけられないものだから、自分に自信が持てないんです。智将さんみたいな人が、こんな何もできない僕で満足するなんてあり得ない、やっぱり僕の勘違いみたいな気がし始めて、会えて嬉しい反面ちょっと怖くなってしまいました」

「基。もし本気で言っているのなら、俺の言葉や態度が足りなかったんだ」

「そんなこと…」

「基」

慌てて否定しかけた基を都筑は押し留め、ふっと口元を緩《ゆる》ませた。

「俺は怒っているわけじゃない。反省しているだけだ」

「でも」

基が綺麗な顔を歪《ゆが》ませる。

すぐにでも肩を抱き寄せ、そんな困惑と不安に満ちた顔をしないですむようにしてやりたかったが、大事な基を乗せて運転している最中に万一があってはいけないと考え、がまんした。代わりにまだ握ったままにしていた手に力を込める。

「昼時を過ぎているが、お腹は空《す》いたか？」

都筑はさらっと話題を変えた。

ずっとシートに座りっぱなしで、二時間ほど前にリフレッシュメントを食べたばかりだという基は、いいえと首を振り、都筑を窺《うかが》うように見た。都筑がまだ昼を食べていないのなら、付き合いますよ、と大きな目が語っている。優しげで誠実そうな黒い瞳は、相変わらずしっとりと濡《ぬ》れたように煌《きら》めいていて、綺麗だ。都筑は基と視線を交わらせるだけで、心が洗われ清々《すがすが》しい心地になる。

基が今すぐ食べなくていいのなら、都筑も問題なかった。アパートを出る前、軽くブランチを済ませてきている。

クイーンズボロ・ブリッジを通ってマンハッタンに入る。基の逗留先となるアパートメントホテル、ライオン・ガーデンズはここからすぐだ。

寄り道せずホテルに向かう。

フロントでチェックイン手続きを済ませた基と一緒に、都筑も部屋に上がらせてもらった。

閑静な住宅地の一画にあるこのホテルは、全室スイートタイプだ。基が契約した部屋は、1ベッドルームスイートで、キッチンが備わっている。簡単な自炊ができるよう、電子レンジやトースターなどもあった。窓からは中庭が見下ろせ、眺めもいい。

「いい部屋だな」

窓辺に立って外を見ていた都筑は、そのまま室内を振り返って基を手招きする。基ははにかんだ表情のまま都筑の傍らに来た。

細い肩を抱き寄せる。

「……智将さん」

基がますます照れて身を硬くする。いざとなると結構大胆で率直に振る舞う基だが、基本的にはこんなふうに初だ。守ってやりたいという庇護《ひご》欲を掻《か》き立てられる。精一杯甘やかして、可愛がってやりたい気持ちにさせられる。六つもの歳の差のせいだろうか。これまで都筑が付き合ってきた中で、基とが一番年齢差がある。

基と出会うまでの都筑は、自分自身を恋愛面においてクールな質《たち》だと信じていた。甘えたり甘やかされたりというより、すっぱりと割り切った後腐れのない関係でいることが多かったせいだ。そのため、相手はたいてい同い年かひとつ上くらいまでで、下は三歳年下がこれまで付き合った中で一番離れている。

三歳下の男というのは、実は現在も都筑の秘書をしている美青年だ。彼は都筑以上に色恋沙汰《ざた》には冷めた性格らしく、一年近く寝ていながら、結局体の関係を踏み越えた甘い雰囲気にはならなかった。ベッド以外ではあまりにも冷淡であっさりした彼の態度に、さすがの都筑も、彼のことは肉欲を解消するための理想的な相手としか考えられず、今までやってきたのだ。事実、体の相性はよかったし、都筑に好きな相手がいない間は、むしろ面倒がなくて楽ではあった。その代わり、基と出会ってからは、きっぱり付き合うのをやめている。デスクの写真のこともあるので、彼も都筑が日本で恋人を見つけてきたことは承知しているはずだ。以前は週に一度、都筑が彼の部屋に泊まりに行っていたのだが、そうしなくなっても彼は特に何も言わないし聞きもしない。

年下でも、可愛いとか、守りたいという感情が湧くタイプではなかった。

ほっそりした基の体を正面から抱き締めると、否応もなく愛情が増し、胸苦しささえ感じられてきた。

「やっと二人きりになれた」

言葉にすると、下腹の熱と疼《うず》きが強まる。

基もせつない吐息をつく。薄いシャツ越しにぴったり合わせた胸は、とくんとくんと忙しない動悸《どうき》を打ち続けている。白く滑らかな頬《ほお》は薄く上気し、ただでさえ潤みを帯びたような瞳はいつも以上に濡れて艶《つや》っぽく見えた。

都筑がぐいと基の腰を自分の腰と密着させると、基は「あっ」と動揺した声をたてた。

互いの中心がぶつかり合う。それはどちらも強張《こわば》りかけていて、擦《こす》り合わせた途端、さらに硬さを増した。

「ち、智将さん」

基が消え入りそうな声で、喘《あえ》ぐように都筑を呼ぶ。

欲しがっているのは都筑だけではないのだ。都筑の心と体は抑えようもなく高揚した。

「ずっとこうしたいと思っていた」

帰国してから今日までの間、都筑は何度こんなふうに基を抱き締めたいと思ったかしれない。

自然と腕の力が強くなる。

桜色の唇が息苦しげに喘ぐ。それでも、ただ苦しいだけでなく、強く掻き抱かれる喜びを感じているのか、基は従順に都筑に身を委ねたままでいる。伏せられた睫毛が小刻みに震える様があまりにも愛しげで、都筑を堪《たま》らなくさせた。

そっと顎《あご》を擡《もた》げさせ、怖がらせないように頬を撫《な》でながら唇を合わせていく。

唇を触れ合わせた瞬間、都筑の腕にかかっていた基の指がピクリと反応し、シャツの袖《そで》を遠慮がちにまさぐってくる。

都筑は基の腰を抱き寄せたまま、キスを続けた。

初めは粘膜を触れ合わせることだけ繰り返していたが、次第に上唇と下唇の合わせ目を舌先でなぞり、薄く隙間《すきま》ができたところをすかさずこじ開け、歯列を割って舌を口中に滑り込ませる。

基はおののいて顎を震えさせ、声にならないくぐもった喘ぎを喉《のど》の奥でたてた。

久しぶりに都筑と交わすキスの淫靡《いんび》さに、忘れていた感触を思い出して動揺したらしい。都筑は、まだ都筑しか知らないはずの唇を、ありったけの愛情を込めて愛撫した。基の反応が舌や唇、抱き締めた腕や手、触れ合う腰に、如実に感じられる。そのいちいちが初々《ういうい》しく可愛い。

まだ日も高いうちから、節操もなくがっついている自覚はあった。本当はもっとスマートに、ストイックに行動するつもりでいたのだが、その予定はあっけなく崩れた。基と会って抱擁を交わしただけで、都筑の理性は蒲公英《たんぽぽ》の綿帽子のように一吹きで飛んでいってしまったのだ。

深くて濃密なキスで基は思考力を奪われ、都筑だけを感じているようだった。

キスを続けながらシャツのボタンを外していく。

隙間から手のひらを忍ばせ、肉の薄い平らな胸を撫でさする。ビクッと基の腰が揺れた。都筑が名残惜《なごりお》しげに塞《ふさ》いでいた口を離してやると、濡れて赤みを強めた唇から陶酔に満ちた長い息が洩《も》れる。基の目元は珊瑚《さんご》色に染まり、たとえようもなく色っぽかった。

もっと感じさせたい。喘がせたい。そんな欲求がふつふつと湧いてくる。

滑らかな胸板の感触を手のひらで堪能《たんのう》するうち、指先が豆粒のような引っかかりを探り当てた。親指と人差し指で摘《つま》み上げ、ゆるゆると刺激する。

「あっ……あ」

柔らかだった突起がたちまち硬くなり、胸から突き出るように尖《とが》ってきた。凝《こご》った粒をなおも弄《いじ》ると、基が上体を捩り、首を振る。唇からはあえかな声が洩れた。

胸を苛《いじ》める指は止めずに、都筑は基の首筋に顔を埋め白い肌を強く吸い上げた。

「ああっ、あっ！」

基は形のよい顎を仰け反らせ、悲鳴のような声をたて、さらに激しく首を振った。都筑の二の腕を摑《つか》んでいた指がずるっと滑りかけ、慌てて縋《すが》りつき直す。艶《なま》めかしい声がもっとたくさん聞きたくて、都筑は首の至る所に唇を押し当てた。

誘うように硬く突き出た胸の粒からようやく指を離し、基のさらさらした黒髪を梳《す》く。

「ベッドに行こう」

都筑が熱の籠《こ》もる声で促すと、基はぼうっとした表情の顔を都筑の胸に寄せ、頷いた。こんなとき、基は自分をごまかさず、感心するほど素直に行動する。欲しいなら欲しいとはっきり言うのだが、それが決していやらしく感じられないのは、生来の品のよさが前面に押し出されるからだろうか。初々しさと大胆さをバランスよく併せ持っているところに、都筑は基の魅力を感じ、強く惹かれた。

リビングとダイニングを兼ねた部屋から、ベッドのある部屋へ移動した。

ドアを閉め、開け放たれていたカーテンを引いて室内を暗くする。明るいままだと基が緊張を解けないのではと気を遣ったのだ。

都筑が服を脱ぎ始めると、基も気恥ずかしさを追い払うように小さく喉を鳴らし、都筑の手ですっかり前を開かれていたシャツを肩から滑り落とした。続けて、躊躇いながらもコットンパンツのベルトを緩める。

「おいで」

都筑は裸になった基に向かって腕を差し伸べた。

基が都筑の手を取り、歩み寄ってくる。ただ、いきなりベッドに行くのには抵抗があるようだ。

「先に、ちょっとだけシャワーを浴びてきてはだめですか？　僕、ずいぶん汗を掻いていると思うんです」

「俺はべつに構わない。だが、基がどうしても気になるなら、一緒に浴びよう」

本音はシャワーより先に一刻でも早く抱き合いたい気持ちだったのだが、都筑は基の意を汲み譲歩する。

ベッドルームの横にある浴室に行き、汗を流した。都筑は朝起きたときに一度浴びていたのでごく簡単に済ませたが、基は石鹸《せっけん》を使って隅々まで丁寧に洗い清めていた。これから都筑とする行為を考えると、どうしてもおざなりにはできないようだ。都筑は基のその気持ちを素直に嬉しいと感じ、多少の焦れったさはがまんした。その分楽しみが長く続くのだと考えれば、たいしたことではない。

裸のまま浴室を出る。

今度こそ都筑は基をセミダブルのベッドに導いた。

シーツの上に横たわらせた体に両腕を回してしっかりと抱き、唇を合わせる。

「好きだ」

「僕も……僕も、智将さんが好きです」

基が熱の籠もった声で言い、自分からも都筑の唇にキスを返す。柔らかな唇を気持ちの高ぶるまま触れさせてくる。都筑はどんな濃厚な大人のキスより基がしてくれるぎこちないキスに感じた。胸の奥が震え、全身の血が勢いづいて駆け巡る。

「こっちに戻って以来、一日でも早くまた日本に行けるようにとがんばっていたんだが、それが実現する前に、こんな形できみの方からニューヨークに来てくれるとはな。嬉しくて、昨晩はまんじりともできなかった」

「智将さんでもそんな子供っぽくなるときがあるんですね」

「言ったな！」

都筑はにっこり笑うと、小憎らしいことを言う基の口を、今度は先ほどと打って変わって荒々しく塞ぐ。

「んっ……ん……！」

舌を差し入れ、口中をくまなく搔き回して蹂躙《じゅうりん》する激しいキスに、基が頭を揺り動かして悶《もだ》える。都筑は乱れた髪を整えつつ、そのさらさらの感触を楽しんだ。そうしながら深くて淫靡なキスをたっぷりと堪能する。

途中から基は、陶然とした表情で全身から力を抜いたようになった。どこからどこまでが自分で、どこからが相手なのかも曖昧《あいまい》になるような濃いキスを交わしているうち、頭が痺《しび》れて何がなんだかわからなくなったのかもしれない。

「基」

都筑は基の足を割り、片足を自分の腰に巻きつかせた。そうすると僅かに腰がシーツから浮く。

「智将さん……あ」

脇から腰にかけてのラインをつっと指で辿《たど》ると、基はビクッと大きく身を揺らし、両手で都筑の腕を強く摑む。体のいろいろな部分に弱みを持っている基は、こんなちょっとした愛撫にも敏感に反応する。都筑は抱き合うたびに新たな弱みを見つけ、楽しみを増やしていた。好きな人を腕の中で悶えさせてやれる喜びは大きい。男の性がぞくぞくする。

「楽にして、俺だけ感じてくれ」

耳元で囁《ささや》くと、顎先がひくっと引きつるように震え、薄く開かれたままだった唇の隙間から熱い息が零《こぼ》れる。都筑の声にも官能を揺さぶられ、感じているようだ。嬉しさと誇らしさで、都筑自身もさらに高ぶった。

胸から腹へと手や唇を触れさせていき、開かせた足の奥にも指を入れる。

慎ましやかに窄《すぼ》んだ部分を指先で撫でると、基の口から羞恥《しゅうち》にまみれた声が上がった。触れることは覚悟していても、いざとなるとどうしていいかわからない、そんな純な狼狽えぶりで、可愛かった。

もっとよく基の顔が見たくて、枕元のスタンドに手を伸ばす。

「……恥ずかしい…」

明かりがついた途端、基は眩《まぶ》しさからというより羞恥のため両腕を上げて顔を隠した。

「今さら」

都筑は低く微笑してからかい、邪魔な腕を優しく摑んで下ろさせた。

基の潤んだ瞳がちょっと恨めしそうに都筑を見上げる。

「すぐに恥ずかしさなど忘れさせてやる」

都筑は自信たっぷりに請け合い、基の肌に唇と指を滑らせた。そうしながら徐々に体をずらしていき、とうとう下腹に顔を埋める。

中心に息づく高ぶりは、すでに芯を持って勃《た》ちかけていた。それを手のひらに包み込み、揉《も》んだり扱《しご》いたりして育て、先走りの雫《しずく》を浮かべ始めたところで口に含む。指で刺激していた間にも、基はひっきりなしに喘ぎ声を洩らし、全身をビクビクと敏感に震わせていたが、銜《くわ》えて唇と舌を使ってやると、もっと乱れて啜《すす》り泣きだした。

先端からじわりと染み出てくる淫《みだ》らな液を舐《な》め、小さな穴を細く尖らせた舌先で擽《くすぐ》ったり抉《えぐ》ったりする。

「ああっ、あっ！」

基の体がぐうっと弓形《ゆみなり》に仰け反った。

シーツに落ちていた両手の指が、熊手のように折れて爪を立てる。肩や胸を揺らして息を弾ませる基の全身は、上気してほのかな桜色に染まっていた。色っぽさにくらくらする。

開かせた足の間に身を置いた形で、都筑はまだ喘いで泣いている基の奥に再び指を忍び込ませた。

「あっ……！」

前への快感に意識を集中するあまり、そこは無防備にしていたらしい基は、ビクッと身を竦《すく》ませ、おののいた。

「力、抜くんだ」

繊細な襞《ひだ》を宥《なだ》めるように撫でて言い聞かせる。しばらく誰の指も受け入れていなかったことを証明するように、一度は都筑のやり方に馴染《なじ》ませていたはずの秘部は元の何も知らなかったとき同様に頑《かたく》なに窄んでいる。都筑は自分だけのものだという気持ちを強くしつつ、慎重に、口に含んで濡らした指で狭い狭間《はざま》を解していった。

基がたてる呻《うめ》き声や喘ぎ声には、苦痛ばかりでなく快感も得ているに違いないと思える艶やかな響きが、ときおり交ざる。

人差し指を、締めつけのきつい狭い筒に捻り込む。

うう、と基が顎を反らせ、太股《ふともも》を突っ張らせた。

粘膜を巻き込むようにしながら少々強引に付け根まで押し入れる。

「あああ！」

細い腰が大きく跳ねた。

「基」

都筑は足下にずらしていた体の位置を戻し、片方の腕で基の肩を引き寄せ、自分の胸にしっかりと抱き締めた。奥を穿《うが》った指はゆるゆると動かし続ける。

「智将さん、僕……あっ、あ。し、しないで……！」

「そうはいかない」

目尻に浮かんできていた涙の粒を唇で吸い取り、都筑は優しいがきっぱりと言う。

「きみの中に俺が入りたがって、さっきから待ちきれないでいる」

基の手を掴み、自分の股間を確かめさせる。三ヶ月ぶりに想いを遂げようとして期待する都筑のものは、硬くそそり立ち、力強く脈打っている。

「これを入れてきみをもっと感じさせたい」

触って硬さと熱を知った途端、基は動揺してみるみる真っ赤になった。唇を開きかけて何か言おうとしたが、結局適当な言葉が見つけられなかったらしく、そのまま噤《つぐ》んで都筑の胸に顔を埋める。

「可愛い」

自然とそんな言葉が出てしまう。二十四歳の男に使う言葉ではないと承知していても、そう言わずにはいられないほど基の様子は可愛かった。

「きみもこれが欲しいはずだ。違うか?」

ストレートに聞く。

基は恥じて顔を俯けながらも、正直に「欲しい、です…」と答えた。こく、と音をさせて喉仏が上下する。

幸福感で都筑の顔はたちまち崩れた。

人差し指の隙間に中指を入り込ませ、二本分の太さで基の熱くて湿った奥を穿つ。みっしりと狭い筒を埋め、大きさに馴染ませてから、じわじわと動かして刺激する。基の喉から切れ切れの嬌声《きょうせい》が迸《ほとばし》り出た。湿った音が、しんとしたベッドルームにはっきり響く。

「んっ、……ん、あっ」

「基」

薄く汗ばんだ額に愛情を込めて唇を押し当て、基の表情に気を配りながら、都筑は指に絡む熱い粘膜の感触を堪能した。この後ここに都筑自身を挿入して細い腰を揺すり立てて感じさせることを想像すると、それだけで眩暈《めまい》のするような悦楽に襲われる。

慌てることはない。まだ時間はたっぷりあるのだ。都筑は自分に言い聞かせ、コース料理を味わうように手順を踏んで行為した。

「うう、あ……、あ、熱い。……熱い、智将さん」

全身を突っ張らせ、手足の指でシーツを引っ掻くようにしながら基が譫言《うわごと》めいた嬌声を上げる。

都筑は二本の指を抜き、基の足をさらに大きく開かせた。

太股の間に腰を入れ、濡れて柔らかく解れた秘部に猛《たけ》った先端をあてがう。

そのまま、いっきに貫いた。

「いや——ああああっ!」

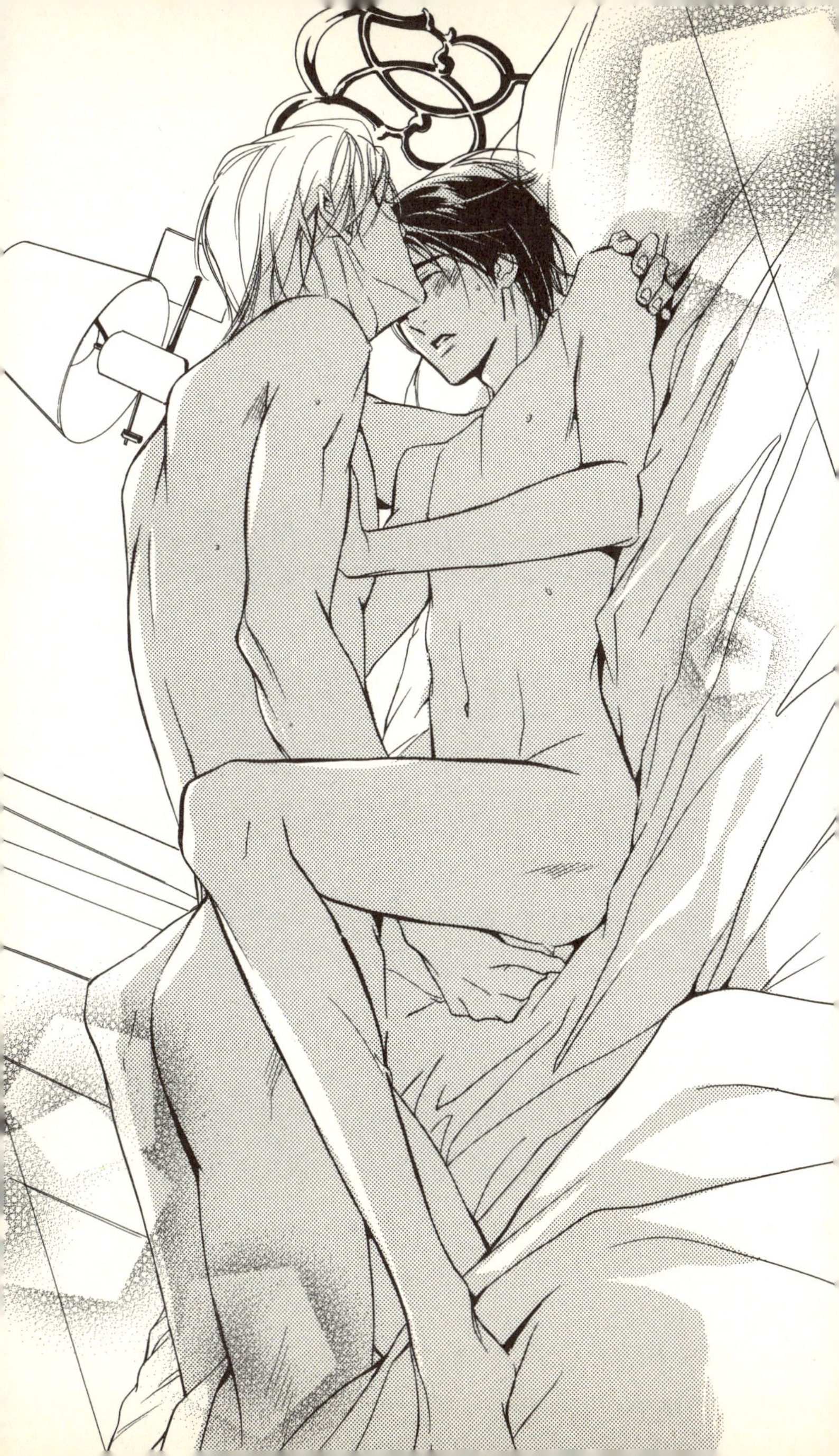

叫ぶ言葉とは裏腹に、基の悲鳴は苦痛や恐ろしさばかりではなく、明らかに期待と喜色も交じっている。都筑はそれに力を得て、遠慮せず腰を使い、基の官能の源を責め立てた。

久しぶりに抱く恋人の体は都筑を激しく燃えさせた。

肌を合わせて基の汗と熱と匂いを感じると、もっと、もっと、と貪欲《どんよく》になる。

腰のもので内側を叩《たた》いたり擦ったりする一方、指や唇も遊ばせておかず、つんと尖った胸を弄ったり、敏感な脇や顎の裏を擽ったりして基を乱れさせた。

そうやって間断なく強烈な快感に晒《さら》されているうち、基は羞恥を感じる余裕をなくした様子で、素直に悦楽に身を任せ始めた。都筑の愛撫に全身で応え、艶めかしく腰を揺する。忘れていた筒の緩ませ方、緩急の付け方も思い出したようだ。途中からは、気を抜くとすぐにいかされてしまいかねないほど素晴らしい締めつけで都筑を翻弄《ほんろう》しさえした。都筑は基のこういう意外性と大胆さが大好きだ。次はどんな表情を見せてくれるのかと、興味が尽きない。

時間をかけてじっくり、セックスによるコミュニケーションを楽しんだ。

息を乱して喘ぐ唇を吸い、甘い口の中に舌を差し入れては唾液を啜って交換する。

おかしくなりそう、と基が恍惚《こうこつ》とした声で訴えた。

都筑は過度の快感に意識を失いそうになっている基の細身を力一杯抱き竦め、最後の追い込みで腰を叩きつけた。

あっ、あっ、と色っぽい声を小刻みに上げ、基が必死に都筑を受けとめる。

いく瞬間、都筑の頭の中は真っ白になって一切合切が消し飛んだ。鮮烈な快感と、溢《あふ》れるような情愛の気持ちだけに満たされる。

互いの腹に挟まれて、動くたびに擦って刺激を受けていた基の前も弾け、白濁した雫を胸元まで飛び散らしていた。

興奮を鎮められぬまま、都筑は基の柔らかな唇に嚙みつくようなキスをする。乱れた息と息が絡み合う。基はぐったりじていて都筑のするまま身を任せているだけだ。指の一本すら動かす気力がないほど疲れ果てている。

「少し夢中になりすぎたようだ。悪かった、基」

ようやく落ち着いてきてから都筑が謝ると、基はにっこり微笑《ほほえ》んだ。気怠《けだる》げにしながらも細い腕を都筑の首に回し、満ち足りた表情をする。そうして濡れた瞳に見つめられた都筑は、清廉さの中に窺える基の妖艶さにドキリとした。

「これから三ヶ月、ずっと近くにいられますね」

あらためて言われると、都筑にもやっと、基がしばらくニューヨークに住むのだという実感が出てきた。旅行で一週間来たというのではなく、ワンシーズンを一緒の土地で過ごせるのだ。空港に迎えに行ったときにはまだどこか頭の隅に半信半疑の気持ちがあったのだが、抱き合って人心地ついた頃に基の口から聞かされ、嬉しさが胸に染みてきた。

「どうせなら俺のアパートに来て欲しかったんだが、さすがにそこまではきみのお兄さんも許してくれなかっただろうな」

「今回は研修で来ているので、自由になる時間も少なくて残念なんですけれど、僕は智将さんの近くにいられるだけでも嬉しいです。兄には感謝しています」

果たして二人が再会して早々にこうやって抱き合ったことを知れば、さしもの太っ腹な男も、苦い顔をするのではないだろうか。今頃、早まったと日本で後悔し、悶々《もんもん》としているかもしれない。凛《りん》と気を張り詰めさせた、いかにも頼もしそうな和服姿の功の姿を脳裏に描き、都筑は僅かに後ろめたい気分になった。だからといって、二人の情動は誰にも止められなかったに違いない。都筑はあっさりと開き直った。基は都筑の大切な恋人だ。愛して可愛がるのに遠慮はいらないはずだ。

「智将さん、休みが合ったときには、また僕とこうして会ってくれます?」

あまりにも当然すぎることを聞かれ、都筑はむしろムッとした。

「きみも、同僚たちとの付き合いはほどほどにして、仕事の次に俺の誘いを優先させてくれるだろうな?」

はい、と基が頷く。

そして控えめに付け足す。

「そんなふうに言ってもらえて、とても嬉しいです」

素直で屈託のない言葉に、また都筑の胸がきゅっと引き絞られる。

「基」

都筑は基の両目を指でそっと閉じさせ、片方ずつ、瞼《まぶた》の上にそっとくちづけた。

基の洩らすうっとりした声が耳朶《じだ》を打つ。

まずいな、と都筑は幸せに満たされた頭の片隅で憂慮した。このままでは、夜が更《ふ》けてもベッドを出る気になれないかもしれない。せっかく今晩は基の渡米を祝して、レストランにディナーの予約を入れておいたのだが、ちゃんと行けるだろうか。

「智将さん」

まるで誘うように、基が色気の滲《にじ》む声で都筑を呼ぶ。

抗えない。

欲情の赴くまま、都筑はぴったり閉ざし直されていた基の太股に再び膝を入れ、しなやかな足を割り開いた。

マジソン通りと77丁目の角に建つプラザ・マーク・ホテルは、ニューヨークでも屈指の老舗《しにせ》名門ホテルだ。顧客リストに名を連ねるのは超一流のセレブリティである。成功したらいつかアッパー・イーストに住む、というのがニューヨークで働くビジネスマンの夢であり目標であるのと同じく、出張でニューヨークを訪れた際にプラザ・マークのスイートに泊まるのは憧れだ。

そんな世界でも有数のホテルで、基は三ヶ月間研修させてもらうことになっていた。

去年、四月から九月の半年間、やはりロサンゼルスで海外ホテル研修を経験したが、そのときは、グループ内のホテル、グラン・マジェスティ・ロサンゼルスにお世話になった。今回のように外部のホテルに出されるのは初めてだ。

もともとグラン・マジェスティ・グループは基の祖父が興したホテルを基盤に大きくなった会社で、それを父が海外にまで進出させ、さらに現在、兄が躍進成長させているという、一族が深く経営に関わっているホテルだ。ゆくゆくは基も経営陣のひとりとして活躍することを望まれており、基自身、小さな頃からそれを疑問に感じることなく受け入れて育ってきた。成人したらホテルの仕事をするのだと、当然のように思っていたのだ。他の進路などどちらりとも考えたことはない。

大学を出て予定通り就職し、今年で三年目だ。

ホテルの仕事は好きだし、やり甲斐《がい》も感じている。

そろそろ外のホテルのサービスを体験し、キャリアアップを図ってこい——総支配人室に呼ばれた基は、功に言われ、いつもの通り「はい」と素直に返事をした。国内だろうとどこの海外だろうと迷わず受けるつもりでいたのだが、よもやニューヨークのプラザ・マークの名を出されるとは思いもかけなかった。

どうした、嫌か、と功は戸惑って絶句した基に聞いた。

いいえ、と否定しながらも、基の声は頼りなく上擦《うわず》っていた気がする。

プラザ・マークはホテルマンの間でも憧れの場所だ。完璧なサービスと施設そのものの快適性で他を圧倒している。ホテルで重要とされる要素、すなわち、サービス、設備、ダイニング及びバンケット、そして立地と歴史、それらがすべて整った稀有《けう》な存在だ。

そういうホテルに三ヶ月間だけでもスタッフとして関われるのは、願ってもない幸運である。一瞬耳を疑い、本当にそう言われたのだろうかと慎重に功の顔色を確かめたほど、夢のような話だった。

もちろん嫌なはずはない。

基が当惑したのは、ニューヨークには都筑がいるからだ。

生まれて初めて人を好きになり、離れがたくて泣きそうな気持ちがするのを抑え込み、なんとか笑顔で帰国する都筑を見送ったのは四月半ばのことだった。

ニューヨークに行けば、基は都筑と会わずにはいられない。仕事の合間を縫って、会えるだけ会おうとするだろう。功がそれを承知の上で基をニューヨークに出そうとしているのか、いささか疑問だった。

会うな、と言われても、基にはきっと聞けない。

咄嗟《とっさ》に試されているのかと思った。だから返事が鈍ったのだ。

基、と功が珍しく家にいるときと同じように呼びかけてきた。広々とした総支配人室には、そのとき他に誰もおらず二人きりだった。功の鋭い目がすっと細くなり、柔らかみを増す。自分にも他人にも厳しいと評判のゼネラル・マネージャーの顔から、歳の離れた弟を親身に気遣う兄の顔へ。基は肩の力を抜き、素直に自分も弟の顔になり、兄の言葉を聞いた。最近なにかと多忙な功とは、家に帰ってもなかなか話をする機会がない。普段なら功も、職場でプライベートな会話を交わすような不謹慎なまねはしないのだが、ここはどうしても兄として一言言い添えたかったのだろう。

何を心配しているのか知らないが、俺は最初からいっさい反対していない。功は大きなデスクに着いたまま、正面に立つ基を見上げてきっぱり言った。眼差《まなざ》しは真剣で、口調にはまったく迷いがなかった。

基はこくりと喉を鳴らし、じわじわと熱くなってきた頰を隠すように俯くと、小さな声で、はいと答えた。それが精一杯だった。

兄は知っていたのだ。基が長い間自分のセクシャリティに気づかず、誰も好きにならずに来たこと。初めて恋を知った相手が都筑なのだということ。

俺はおまえが可愛いだけだ、と前に兄は言った。まさしくあれが偽りのない本音なのだろう。おそらく、気持ちの上では非常に複雑なのだと思うが、自分の感情がどうだということより、基の気持ちを最も優先させようとしてくれている。基の心を初めて揺り動かした存在として、都筑を潔く認めたのだ。そう気づき、基は兄の懐の深さに胸がいっぱいになった。

行ってしっかり勉強してこいと言った兄の言葉が、基の耳朶にこびりついている。仕事でもプライベートでも、と心の中で付け足す声が基にははっきりと聞こえた。

いずれ都筑とのことは父や母にも告げなければならない。驚いて泣いて反対される場面はいくらでも浮かぶが、喜んで許してもらえるとはとても考えられず、基はひそかに気を重くしていたところだった。

もし基が本気で都筑と一緒になりたいのなら、功は取りなしてくれるつもりなのだ。そのためにも、ほんの三週間ばかりしか傍《そば》にいなかった都筑への気持ちが、一時的なものではなく本当に確かなものなのかどうか、もう一度会ってはっきりさせてこいと暗に仄《ほの》めかしたのである。基は功の思惑をそう理解した。

公私ともに兄を満足させ、納得させられる結果を出したい。

基はそう心に決め、研修に来た。

都筑に報《しら》せると、最初は基同様、この都合がよすぎる急な話に、嬉しさよりも驚きが先に立っていたようだ。何か裏があるのではないかと勘繰ってしまいそうだ、ビジネスマンの哀しい性だ、と苦笑していた。

しかし、実際に顔を合わせ、三ヶ月ぶりの再会を果たすと、誰の思惑がどうであろうとまったく関係なく、歓喜と恋情に心と体を占拠されてしまった。

会いたかった。会いたかった。

離ればなれになってからも、三日と空けずこまめに電話で話していたから、それほど寂しくなかったと思っていたが、会った途端、自分がどれだけがまんしていたのか思い知らされた。

本当は、泣きたくなるほど都筑が恋しかったのだ。

抱き締めてキスして欲しいのを、必死に堪《こら》えていたことに気づく。

都筑の車で長期滞在先のアパートメントホテルに連れていってもらっている間中、手を伸ばせば届くところにいる都筑にどきどきしていた。都筑が愛用しているトワレの香り、サングラスをかけた凛々《りり》しい横顔。受話器越しでないバリトンを聞くと体の芯が疼き、胸の鼓動が高鳴った。

部屋に着いて抱き竦められたときには、もう、失神してしまいそうなほど気持ちが高ぶっていたのである。

好きってこんなふうになることなんだ……基は熱い接吻《せっぷん》を受けながら思った。

基にとっては、恋愛面では都筑が全部初めてだから、いちいち新鮮で、不安で、迷うことばかりだ。でも、楽しい。誰かを好きになると比喩《ひゆ》ではなく本当に世界の色が変わるのだと知った。今まではなんでもなかったことに意味ができ、些細《ささい》なことが気になったり、嬉しかったり待ち遠しかったりする。自分でも不思議でしょうがない。

裸になって恥ずかしいことをしているときも、最中は夢中だ。後で思い出すたび消えてしまいたくなるが、次にまた会うと、自然とそういう雰囲気になってしまい、自分からも大胆に求めてしまう。

蜜月だ、と都筑は基の耳元で囁いた。

この三ヶ月が都筑の言葉通り、二人にとっての素晴らしい蜜月になればいいと基も思う。

着いて早々抱き合った日の夜は、少し遅めのディナーを食べに外に出た。本当はちゃんとしたレストランを予約していたと、そのときになって都筑から聞き、基は赤面して恥じ入った。真っ昼間から夜の九時まで、二人でベッドにいたのだ。合間にうつらうつらしながら、離れがたくてずっとくっつき合っていた。

そのレストランはまた日をあらためてということになり、ホテルの近くで午前一時まで開いているクラブ風のアジアン・フュージョン・レストランに連れていってもらった。マスコミにもちょくちょく取り上げられる店だそうだ。広い店内はおしゃれなニューヨーカーで溢れ、活気に満ちている。どこか奇抜なインテリアには目を丸くさせられた。

基は日本でもあまりこういう場所には馴染みがない。初めは戸惑い気味だったのだが、都筑が実にスマートにエスコートしてくれたので、そのうち安心して場の雰囲気を愉《たの》しめるようになった。シャンパンで乾杯し、目新しい創作料理の数々に舌鼓《したつづみ》を打つ。

最後はちゃんと部屋まで送り届けてくれた。

「泊まりたいのはやまやまだが、そうするときみを眠らせてやれない可能性が大きい。だから、今夜はここで帰るよ」

都筑はドアの前でおおいに残念そうに告げ、基の額におやすみのキスをする。名残惜しかったが、基もがまんした。明日は十時に、受け入れ先の担当者のオフィスまで、挨拶に出向かなければならない。それに都筑も疲れていることだろう。

「おやすみなさい」

基からも都筑の顎にキスを返した。

都筑が帰った後、基の胸はしばらく動悸が治まらず、甘苦しい思いに悩まされた。

すぐには眠れそうになかったので、鎌倉《かまくら》の自宅に電話する。サマータイムのため日本との時差はマイナス十三時間。日本は午後二時くらいだ。

日曜で家にいる兄に、無事着いていることを報せた。

功は、そうか、と安堵したように受けた後、ちょっと厳しい声になり、夜更かしはするなと基を窘《たしな》めた。都筑のことは特に聞こうとしない。基も言わなかった。今一言でも都筑の名を口にすれば、さっきおやすみの挨拶をして別れたばかりなのに、もうまた会いたくなって、情動のまま都筑が住んでいるアッパー・ウエスト・サイドまでタクシーを飛ばしてしまいかねなかったからだ。

明日からは仕事だ。

受話器を下ろした基は気持ちを引き締めた。兄の声を聞き、本来の目的をしっかりと頭に刻み込み直していた。

恋も仕事もどちらも最善を尽くしたい。今回、基はそう決意している。都筑もきっとそんな基を望んでいるのではないかと思う。失望されて嫌われるのは嫌だから、基は精一杯努力して、自分自身を高めていきたかった。

体の奥に残る幸福感に満ちた疼痛を意識しながら、基は昼間ずっと二人で寝ていたベッドに横になった。

セミダブルサイズのベッドが実際以上に広く思えてしまう。

寂しさを感じる前に目を閉じた。

研修が始まれば、学ぶことの多さに一時もよけいなことを考える暇などなくなるだろう。都筑と休みが合わず会えない日でも、なにかと忙しく過ごすことになるのは、前回のロス研修の経験を踏まえても予測がつく。

まずは仕事で自分自身と周囲が納得する成果を上げること。それが都筑との関係をうまく続けていくことにも繋がるのではないか。

そんなことをつらつらと考えているうち、移動の疲れが出てきたのか、いつの間にか眠っていた。

気がつくと朝だ。

カーテンの隙間から強い夏の朝日が洩れてきていた。

プラザ・マーク・ホテルまではバスで行く。バスは通りごとに、北行きと南行きが交互に運行されている。基の住処《すみか》からだと3ブロック先がホテルに面したマジソン通りだ。マジソン通りにはちょうどアップタウン行き、つまり北行きのバスが走っている。バス停はホテルのすぐ傍だった。

約束の時間に担当者のオフィスを訪ね、挨拶を交わす。

「功からあなたのことを重々頼むと言われています」

四十代後半と思《おぼ》しき人事部のチーフ・オフィサーは、緊張気味で畏《かしこ》まっていた基に屈託のない笑顔を見せた。話を聞けば、功とはずいぶん以前から親密な交流があると言う。十年ほど前には、彼の方が逆にグラン・マジェスティ・新宿に研修に来ていて、その際、鎌倉の水無瀬家にも招待されたそうだ。

「当時、あなたは中学生だったのかな。ジャージ姿で学校から帰宅したところを庭先から見かけて、功に『可愛い妹さんだね』と言ったら、ちょっと憮然として『弟です』って返されてね。いやぁ、目を疑ったよ。あなたの与《あずか》り知らぬところでの会話だが、あのときは間違えて申し訳なかった。しかし、そのあなたが、今度はうちに研修に来てくれるような歳になったんだと思うと、感慨深いものがあるよ」

記憶を探ってみても基には彼の記憶はなかったが、おかげで親近感は湧いた。同時に、しっかりやらなくてはと、ますます身の引き締まる思いがした。

「一生懸命がんばります。どうぞよろしくご指導ください」

チーフ・オフィサーは満足そうな笑顔を見せ、しっかり勉強して帰りたまえ、と励ましてくれた。

「早く功を安心させてやらないとな」

「はい」

研修のスケジュールは大きくふたつに分けられており、まず最初の一ヶ月はレストランで給仕の仕事を学ぶことになっている。残り二ヶ月がバンケットだ。いずれも基は自ホテルで基礎を学んだだけで、本格的に携わったことはない。通常一ヶ月や二ヶ月では雰囲気を摑む程度にしか現場と関われないものだが、研修内容は本格的で、びっしりと埋められていた。やれるだろうかという不安と、やらなくてはという責任感を基は感じていた。アッパー・イーストに住む桁違《けたちが》いの高額所得者層に支持されるレストランは、当然ながら味にもサービスにもひとかど以上のものを求められる。一流のサービスを直《じか》に見て学ばせてもらえるのだ。めったにない機会だと思えば、期待に胸がざわつく。

その後、レストラン・バンケット部門の総責任者であるバンケット・マネージャーと引き合わされ、勤務に関する諸注意を受けて初日は終わった。本格的な指導は明日から受ける。

ホテルの裏手にある職員用の通用口から出ると、そこは業務車両とスタッフ専用の駐車場になっていた。

物品や資材の搬入口に着けられたステーションワゴンが、ふと目に留まる。

ちょうどドアが開いて、運転席からがっしりとした体軀《たいく》の日本人が降りてきた。巨漢の多い欧米人と交じっていても引けを取らない、大きな男だ。もみあげから顎にかけて無精髭《ぶしょうひげ》を濃く生やしているその顔に、見覚えがある。まさかこんなところで、と奇遇を嚙み締めつつ、基は彼に向かって歩み寄っていった。

「恭平《きょうへい》さん、恭平さん！」

車の後部に回ろうと背を向けていた男が、ん、という感じで振り向く。

「やぁ、基ちゃん」

基を見た途端、西根《にしね》も相好を崩した。目元が柔らかくなり、ぐっと親しみの持てる表情になる。体格が体格の上に、お世辞にも愛想のいい男とは言えず、初対面の人間は気圧《けお》されがちだが、基は彼をそれこそ幼稚園児の頃から知っている。兄の中学・高校時代の後輩で、しょっちゅう家に遊びに来ていたのだ。

「久しぶりだな。元気にしてたか？」

「はい。恭平さんこそ、お変わりなく？」

「おう、おう、一人前の口利くようになって」

西根が満面に笑みを浮かべて基を冷やかす。

そんな、と基はちょっと恨めしげな顔をする。

「僕、もう二十四なんですよ。年が明けたら五になります」

「もちろんわかってるさ。だが、やっぱり俺にとってのきみは、黄色い鞄《かばん》を斜め掛けしてとことこ歩いていた『基ちゃん』のイメージが先に立つんだ。先輩は俺よりもっとその気持ちが強いんだろうな。きみがこっちに来るからよろしくって連絡を受けてた」

どうりで西根は基とこんな場所でばったり会ってもさして驚かなかったはずだ。

「まぁ、先輩がつい過保護になるのも無理ないか」

基は頭から爪先までとくと眺められた挙げ句しみじみ言われ、どう反応すればいいのかわからず困惑した。

「俺だってきみみたいな弟がいたら、ついいろいろ世話を焼きたくなるに決まってる。基ちゃんがこっちにいる間は俺が先輩の代わりに兄貴分を務めるから安心してください、って先輩にも約束しておいた。だから、何かあったらいつでも相談しろよ」

「ありがとうございます」

あの口数少なく、突き放して見ているのが常だと思っていた兄が、ニューヨークに住んで働いている学生時代の後輩にまで基のことを頼んでいたとは、意外だった。これまで基自身は、功に特別過保護にされた覚えはなかったのだが、周囲からすると結構な甘やかしぶりと思われているようだ。

「ニューヨークは初めてなんだろう?」

「はい。昨日、着いたばかりで」

「マンハッタンまで迷わず無事に来られたか?　都合がつけば迎えに行ってやったんだが、あいにく昨日は終日花材の調達に駆けずり回っていてな」

「あ、いえ……僕は、大丈夫でしたから」

西根は都筑のことは知らないらしい。基はどきどきしながら曖昧に受け流す。

「花材って、恭平さん今、何をなさっているんですか?」

ついでに恰好の糸口が摑めたのを幸いに、さらりと話を変えた。

「ん?　先輩から聞いてなかったのか」

聞いていない。ずいぶん前にたまたま西根の話題が出たとき、あいつは今ニューヨークにいる、とだけ教えてもらっていたが、その他のことはまったく聞いていなかった。今回、功が西根に連絡を取っていたことさえ、たった今本人の口から知らされたばかりだ。

「何やってると思う?」

ニヤリ、と悪戯《いたずら》っぽく唇の端を上げ、西根が基に逆に聞く。

基はあらためて西根の全身に観察眼を働かせた。

花材がどうのと言うからには、花に関係のある仕事だろう。しかし、単に花屋のデリバリーという感じはしなかった。西根は上下裏葉色の作業着姿で、一見すると改装工事や電気水道などの技術職員のようだ。暑いためか肘《ひじ》まで捲《まく》り上げた袖の下からは、よく日に焼けた赤銅色の太い腕が伸びている。いかにも頑健で力がありそうだ。無精髭を生やしっぱなしにしている顔は、基が小学生の頃まで知っていた西根と基本的に変わらないが、表情に自信と誇りがはっきり出ていて、いっそう質実剛健な印象を強めている。充実した日々を送っている自負に満ちたいい顔だと基は思い、感嘆した。西根も兄や都筑同様に、自分の道を見つけ出し、迷わず邁進《まいしん》しているのだ。

技術屋に近い雰囲気を花と関わる仕事と結びつけ、さらには今いるこの場所まで考え合わせると、自《おの》ずと答えは出る。

「フラワーアーティスト、ですか……?」

「おお、さすが!」

すかさず西根が眉尻を跳ね上げ、感心したように言う。

基はじんわり赤くなった。西根は褒めたが、本当なら会ってすぐに気づいてしかるべきだ。ちゃんと見るところを見ていれば、当然察しがついたはずだ。まだまだベテランのホテルマンにはほど遠い。

「去年からぼちぼちここの仕事を任せてもらえるようになったんだ」

西根はステーションワゴンの後方に回り、リアハッチを開けて荷台から台車を降ろすと、積んでいた大振りの花材を台車に載せ始めた。基も手伝う。無理して重量のありそうな枝ものには手を出さず、できる範囲のことを丁寧に慎重に行った。大切な花材に万一のことがあったら大変だ。

さっき西根がちらりと口にした、昨日終日駆けずり回ってという言葉の重みが、基にもひしひし

と感じられる。

「でも、意外でした」

体を動かしながら基は正直に言う。

「恭平さんは、大学で法律の勉強をしていると兄から聞いていたので、てっきりそっちの方に進まれるのだとばかり思ってました。中・高のときの部活も、兄と同じだからテニスですよね」

「花の世界に目覚めたのは大学在学中なんだ。俺は遅咲きだったんだぜ。ひょんなことから華道展に行って、ものすごい衝撃を受けたってわけだ。おかげで大学は三年もだぶった。だぶっても卒業だけは意地でしたけどな。それが親の出した条件だったし」

「条件?」

「花を職業にしていいって条件さ。ほら、基ちゃんも知っての通り、うちは祖父《じい》さんの代から弁護士やってる家だから」

「あ、あのう……恭平さん」

最後の荷を降ろして西根に渡しながら、基は遠慮がちに切り出した。

「……僕のこと、そろそろ『ちゃん』づけは勘弁してくださると、嬉しいんですけど」

「ああ」

悪い、悪い、と西根が笑う。まったく意識していなかったようだ。

「そうだな、きみもしばらく見ないうちにすっかり大人っぽくなったからな。昔の癖が抜けずに基ちゃんなんて呼んで失敬した」

「すみません」

「なんでここで謝るのかね！　ホント、可愛いぜ」

いきなり西根が基の背中に両腕を回し、抱き締めてくる。

突然だったので、基はびっくりした。

「き、恭平さん…っ！」

ぼふっ、と逞《たくま》しい胸板に顔をぶつけてしまい、慌てて身を起こそうとしたが、そのままさらに強く腰を抱かれて身動きできなくされた。

「恭平さん」

「スズランの香りがする」

基の頭に鼻を近づけた西根が低い声で囁く。見た目は無骨な指が、基の髪を優しく梳いてくる。そうされると気持ちいいのは確かだったが、基はすんなりと抱かれたままでいるのには抵抗を感じた。もう子供のときとは違う。西根のことは好きだし慕っているが、こんなふうに抱いてあやすようにしてもらっても構わなかった時期はとうに過ぎている。

「こ、恋人がいるんです、僕」

思わず『恋人』と言ってしまい、口に出した後で基は狼狽えた。おまけに、ひどくちぐはぐなことを唐突に告げたことも自覚する。羞恥に顔から火が出そうだ。西根から離れなければと思っていたはずなのに、恥ずかしさからどうしていいかわからなくなり、かえって彼の胸にしがみついて顔を隠そうとした。

「え？」

案《あん》の定《じょう》、西根は虚を衝《つ》かれた様子で訝しげな声を出す。西根としてはそういうつもりで基を抱き寄せたのではなく、単に基が弟のように可愛かったからに違いない。基も頭では理解しているつもりだったが、都筑と普通以上の関係を持ってから、こうして抱擁されるだけにでも、性的な意味合いを感じるようになっていた。

西根はゆっくりと基の体を離し、まじまじと基の顔を見る。

「驚いたな」

茶化すような態度は微塵《みじん》も窺わせずに西根がほうっと息を吐く。おずおず見上げた基の目に、西根の優しくて思いやり深い顔が映る。

「どうりでびっくりするほど艶が増したと思ってた。そうか、そうだよな。きみにももう恋人がいて当然だ」

基は頰の熱が徐々に冷めるのと同時に、心の動揺も鎮めていった。

周囲の様子に気を回す余裕も生じてくる。明日からここは基の職場でもあるのに、いくらホテルの裏手とはいえ、人目も憚《はばか》らぬことをしているのではないかと気になった。もしかすると欧米ではこの程度のスキンシップは日常茶飯事で、とやかく邪推されるようなことでもないのかもしれないが、免疫のない基はどうしても平静でいられない。

資材や備品の搬入スペースには、入れ代わり立ち代わり様々な取引先の関係者が出入りしている。しかし、隅の方で荷降ろしの後ちょっと抱擁し合っただけの二人に注目しているような暇のある人物はそうそういないようだった。

基がホッとしかけたとき、ふと横合いに流れた視線が、駐車場の右隅に立っているスーツ姿の男性に留まった。淡い茶髪をしたスマートな人だ。取引先の業者やホテルのスタッフではなく、一般の客のようだと基は感じた。同業者はなんとなく雰囲気でわかるし、どう見ても取引先の人間には見えなかったからだ。

一般客が裏手に迷い込むことはままあるだろうが、基が気になったのは、彼と目が合った瞬間、相手がいかにも意地悪そうな目つきをしたことだ。

なんだろう。知らない人のはずだけど。

基は記憶を手繰《たぐ》り寄せて何度も考えたが、やはり心当たりはなかった。

「基」

西根に声をかけられる。

すでに二人の体は、誰に見咎《みとが》められても違和感を感じさせないくらいにまで離れていた。

「悪かった。つい昔の感覚できみを子供扱いしちまって」

「そんな」

あらたまって謝られると基も恐縮する。西根のことは自分も兄同様に思っている。可愛がってもらって嫌な気持ちはしない。さっきは少し過敏になりすぎていたのだ。西根の仕草にはいささかの下心も感じられなかった。基はつくづく西根に申し訳ない言い方をしたと反省した。

「そういえば、先輩がちょっと含みのありそうなことを言っていたな……」

西根が呟《つぶや》くようにひとりごちた言葉に、基はピクリと顎をひと震えさせた。それを西根は目敏《めざと》く見ていたらしく、基の肩をポンポンと軽く叩き、むさ苦しい無精髭が生えているのを忘れさせるくらい爽やかな笑顔をする。

「心配するな。先輩からは、具体的なことは何も聞いてない。俺も詮索する気はない。それより、今度メシでも食いに行こう。さっき手伝ってくれたお礼だ。それなら構わないだろう?」

「もちろんです」

基は西根の気持ちが嬉しかったので、素直に頷き、食事の約束をした。西根は兄の旧友みたいなものだ。どんな後ろめたさも感じなかった。

それじゃあな、と手を振り、西根は台車を押して搬入口からホテル内へと入っていく。

西根の大きな背中を見送った基は、そういえばさっきの男性はなんだったのだろう、と思い出し、彼が立っていた場所を振り返った。しかし、すでにそこには誰の姿もない。

整った顔立ちの、頭の切れそうな男だったが、どことなく冷淡で性格のきつそうな人だった。その彼から苦々しげに睨《にら》まれたように感じたのは、単なる気のせいだったのか。

すっきりしないながらも、基は考え込むのをやめた。

どのみち、ニューヨークに外国人の知人はいない。

誰かに睨まれるようなことをした自覚も、基にはなかった。

それよりも、思いがけず昔からの知り合いとニューヨークで再会できて、心細さが拭《ぬぐ》い去りきれずにいた基を元気づけてくれたのが嬉しい。

見知らぬ土地で一人でも多くの知り合いがいるのは心強いものだ。おかげで都筑にばかり依存せずにすむ。基は忙しい都筑を不必要に煩わせるような頼り方、甘え方はしたくなかった。他に心の支えがあるのとないのとでは、気の持ちようが違う。

できることなら、都筑と対等な関係でいたい。

基は都筑のためにも西根と会えてよかったと心から思っていた。

都筑のオフィスは、ニューヨーク経済の中心地ロウアー・マンハッタンのビル内にある。

地上十五階建てのビルは、摩天楼が建ち並ぶ中で見ると群を抜いて目立つ類《たぐい》のものではないが、瀟洒《しょうしゃ》なデザインと徹底した清掃管理で常に美しく清潔に保たれ、企業イメージの好感度アップに貢献していた。都筑はここで、ファッションやアートに関する様々な商品を、輸入販売する会社を経営している。

十四階にある社長室のデスクに腰を半分載せ、本来ならば背後に広がっているはずの窓の外を眺めつつ、都筑は受話器を肩と顎で挟んで国際電話をしている最中だった。

電話の相手は夏目伊智朗《なつめいちろう》だ。金と気の向き方次第では、殺人以外のことはなんでも引き受けると嘯《うそぶ》く、いかにも怪しげな男である。なんでも屋、と名乗るが、実際には何をしているのかよくわからない。ただ、向こうが都筑に奇妙な親しみを覚え、興味を持って接してきていることと、少なくとも都筑に嘘をつかないことだけは信じてもよさそうだ。

春に訪日した折、二人は敵対し合う関係で初めて顔を合わせた。

それは単にそのときの雇い主が都筑の敵になる相手だったというだけで、自分個人の思惑とは無関係だ――夏目は飄然《ひょうぜん》とした調子で、まったく悪びれることなくそう言う。

最初は都筑も、なにを厚かましい、と夏目の厚顔無恥ぶりに腹を立てた。

夏目の画策で基は拉致《らち》され、恐ろしい思いを味わわされたのだ。事業には関係ない基に目をつけ、都筑を脅す材料として利用しようと計画したのは、他ならぬ夏目だ。もともと危害を加えるつもりはなかった、と後から聞かされても、そんなものは言い訳にしか聞こえない。都筑の憤《いきどお》りは深かった。しかしおかしなもので、怒るのと同時に、小癪《こしゃく》で小気味のいいライバル的存在として、心の片隅で認めざるを得ない部分も確かにあったのだ。この不思議な心境については、都筑自身今なお定かではない。

完全に気を許したわけではないのだが、時と場合によって、うまく味方につければ頼もしい相手であることだけは否めない。何度か夏目の方から親しげに話しかけてこられ、いつの間にか電話やメールまで寄越してこられるようになると、まぁこういうビジネスライクなものの考え方も有りか、と思え始めた。俺はあんたをまだ信用しきったわけじゃない、と都筑は夏目にはっきり告げている。夏目はそれをいかにも愉快そうに笑い飛ばし、そりゃそうだろう、と答えた。夏目が都筑の本音を承知で付き合うというのなら、都筑も後腐れなく夏目と割り切った付き合いをするのにやぶさかではない。まったく、変としかいいようのない関係になったものである。

春に根回ししてきた日本での事業はその後順調に進んでいる。土地の購入に際して妨害工作をしかけてきた日本籍の企業の動向を、今度は都筑に雇われた夏目が監視している。何か新たな動きがあれば、即刻報せてくるようになっていた。今のところ、ダミーにした土地をまんまと都筑から横取りできたことに満足し、都筑が本来計画している事業が着実に根を下ろし始めていることには気がついていないようだ。

「引き続き、連中から目を離さないようにしてくれ」

『わかってますよ。こっちのことは俺に任せて、あんたはそっちの仕事をさっさと片づけることですね。ぐずぐずしているとあの可愛コちゃんに虫が付かないとも限らない』

「よけいなお世話だ」

都筑は基のことを引き合いに出されるたび、夏目にからかわれている気がして穏やかでいられない。きっと夏目はわざとやっているのだ。頭ではわかっていても冷静になれない自分が都筑には悔しかった。

『おっと、でも、そうでした。基くん、一昨日《おととい》からそっちに渡ってるんでしたっけ』

「相変わらず耳が早いな。あのホテルを常宿にでもしてるのか」

『あんたが俺のギャラを今の倍に奮発してくれるなら、ぜひそうさせてもらいたいところですけれどね』

「ふざけるな」

都筑は苦笑しながら言ったのだが、夏目は、おっかない、と白々しい声を出す。

「もういい加減、基の話題を俺に振るのはやめてくれないか。ムカムカする」

『どうしてです？　あの子はあんたに夢中で、あんたのことしか眼中にないんでしょ。誰に嫉妬《しっと》する必要もないじゃありませんか』

夏目はわざとのように基を「あの子」などと呼ぶ。都筑の気持ちを波立たせ、苛《いら》つかせてやろうとする魂胆が見え見えだ。乗るものか、と都筑は心の中で思った。

『実際、この三ヶ月間、常にホテルと家を往復するだけでしたよ。たまに職場の連中との付き合いで食事に出かけたり飲み会に参加したりはしていたようだが、端《はた》で見てても健気《けなげ》なくらい一途さが伝わってきましたね。あれじゃあ、傍にいる総支配人の兄貴も、どうにかしてやりたいと考えるようになるでしょうな』

「夏目」

調子に乗りすぎの夏目を、都筑は低く強張《こわば》った声で牽制《けんせい》する。

「誰がおまえに基の監視まで頼んだ。よけいなことをすればただじゃおかないぞ」

『失敬、ミスター』

ボスはあんただ、と夏目は態度を殊勝にあらためた。

話題が基のことから事業のことに戻る。

電話を続けているとノックがあって、秘書のジーン・ローレンスが「失礼します」と断りながら入ってきた。脇に書類のファイルを挟み、手にはコーヒーを載せたトレイを持っている。

まだ話を終えていなかった都筑は目と顎でジーンをデスクの前に呼び寄せ、自身はエグゼクテイブチェアに座り直した。

「ああ、そうだ。そっちはそのままにしておいてくれ」

受話器に向かって喋《しゃべ》りつつ、右腕をジーンに伸ばしてファイルを受け取る。ジーンは書類を都筑に手渡し、コーヒーの入ったマグカップはデスクの邪魔にならない位置に置いた。そのまま立ち去ろうとせず、都筑の背後に回ってブラインドを調節する。

「よし、じゃあ任せる。何かあったらまた連絡しろ」

都筑はようやく電話を切った。

夏目との会話は気が抜けないから結構疲れる。隙あらば都筑をからかって楽しんでやろうという、ろくでもない遊び心がちらほら垣間見えるので、負けず嫌いの都筑もなにくそと反発し、自然と張り合う雰囲気になっていく。

受け取った書類を開いてさっそく目を通しながら、都筑はコーヒーに手を伸ばした。

「水曜のスケジュール調整だが、うまくいきそうか?」

「……あ、はい」

書類から目を上げずに訊《たず》ねた都筑は、ジーンの返事が珍しく一拍遅れたのに不審を感じた。いつもは打てば響くような反応をし、決して都筑を苛立たせはしないのだ。背後にいるジーンをジロリと横目で窺う。だいたい、いつまでもそこにいること自体、奇妙だった。

「どうした。何を見ていた？」

先ほどからジーンがずっと一カ所に視線を留めている気配は感じていたので、都筑は切り込んでみた。横幅の大きいデスクの上には、ステーショナリー類の他、日本で撮ったプライベートな写真を飾ったフォトスタンドが立ててあるだけだ。

都筑は目を眇《すが》めた。

ジーンがじっと注視していたとすれば、この写真以外にありそうもない。もっとも、これはずいぶん以前から飾ってあるものだから、今になって気がついたわけではないはずだ。ジーンは鋭くて抜け目のない男だ。つんと取り澄ました硬い表情の下で、いったい何を考えたのか。どういうつもりで、こんなふうに思わせぶりに、都筑の背後から写真を凝視してみせたりするのか。さすがの都筑も聞いてみなければ予測がつかない。基本的にジーンは感情の起伏を表に出さない質なのだ。都筑は、仕事さえ完璧にこなしてくれれば、性格が多少冷淡でも構わない、というスタンスでジーンと接している。あえて必要のない部分まで推し量ろうとしないから、いざというときにも彼の考えがわからなかった。

「この写真――か？」

重ねて聞くとジーンは端麗な顔を都筑に向け、能面のような無表情を装った。

「ボス。失礼を承知で最初にお断りしておきますが、もしわたしがこの写真に不満を感じているなどとお思いでしたら、それはまったく見当違いだと申し上げさせていただきます」

「ああ、そうだろうとも」

都筑は静かに答え、じっとジーンの顔を見つめた。

形のよい眉が微《かす》かに引きつる。それが都筑にジーンの言葉を完全に納得できない気分にさせた。無理をしているのでは。そんな印象を受けたのだ。だが、ジーンにはあえてそう突っ込まなかった。突っ込めばプライドの高いジーンはいっそう頑なになって否定するに違いないからだ。

「わたしがそれに気を取られていたのは、昨日、プラザ・マーク・ホテルで、その写真に写っているのと非常によく似た方をお見かけしたからです」

ジーンの声音はいつもと変わらず淡々としている。いや、いつも以上にそっけないくらいだ。べつに基や都筑に対して不穏な気持ちに駆られているわけではないと、強く印象づけようとしているかのようだ。

都筑とジーンは、一年くらい前からつい今年の春先頃まで、気が向くとどちらからともなく誘い合って寝ていた仲だ。それをやめたのは、都筑が日本で基という恋人を手に入れたからである。

正直言うと都筑もこのことではジーンに少々バツの悪い思いをしていた。お互い体だけのあっさりした関係に徹していたのは事実だが、まったく感情を伴わずにいられたとは思わない。少なくとも都筑はこうして気まずい気分を味わっている。本当なら、職場のデスクに基と二人で写っている写真を飾っておくのもどうかと思っているのだが、なにしろ都筑は一日のうち最もたくさんの時間をこのデスクで過ごす。飾るのならやはりここで、できるだけ長い間眺めていたい誘惑を退けられなかった。それほど基に心を奪われているのだ。

プラザ・マーク・ホテルに基がいたと聞いても、都筑は別段驚かなかった。意外でもない。

「本人だ」

きわめて簡潔に答える。なるべく感情は出さないようにした。ジーンが基を見てどう思ったのか、都筑には複雑すぎてわからなかったので、いちおうの予防線を張って対応した。

「彼はホテルマンで、一昨日からこちらに研修に来ているんだ」

「そうだったんですか」

ジーンの声はますます硬くなり、抑揚を失った。その代わり、フッと薄めの唇に笑みを浮かべてみせる。余裕の微笑み——そんなところだろうか。しかし、なんとなく顔つきと声にちぐはぐな印象が拭い去れず、都筑は嫌な予感がして眉根を寄せた。本当にジーンは基に僅かでも嫉妬を感じていないのか、都筑には断じきれない。ジーンの瞳の昏《くら》さが気になる。

「それにしても綺麗な方ですね。ずいぶん若くて可愛らしい。日本人の中には本当に華奢《きゃしゃ》な人がいますよね。ボスが本気になったのもわかります」

「ジーン」

「お気遣いは無用です、ボス」

都筑の言葉を遮るように、ジーンはまた先回りした。

「わたしとボスの関係はあくまで肉体的な満足を得ることが目的で、好きとか嫌いとかの感情を前提にしたものではなかったはずですから。もしボスが、気持ちは日本の彼にあるものの、頻繁に会えないから、この先もわたしとの関係を続けるおつもりでしたら、わたしはそれで構わないと思っていました。ですが、ボスはこの三ヶ月、一度もわたしを誘ってくださいません。わたしはすでにボスにとってそういう意味では不要な存在なのだと自覚しています。今後は秘書業務に徹するだけです」

「きみが本心からそう思ってくれているのなら、俺には何も言うことはない」

そうとしか言いようがなかったので、都筑は精一杯の気持ちを込めてジーンに告げた。確かに恋愛感情は持っていなかった。だが、情はできていたように思う。今、都筑が感じているバツの悪さ、後味のよくなさは、ジーンがどこか虚勢を張っている気がしてせつなさが湧くからだろう。

「こんなことを俺が言うのはなんだが、そろそろ、きみも誰かに本気になってみるのも悪くないかもしれないぞ、ジーン」

「わたしは今のままで十分満足しています」

口から出す言葉はことごとく強気で、矜持《きょうじ》を感じさせるものばかりだが、都筑の目にはジー

ンが少しもすっきりした顔をしていないように映る。自分の言葉のひとつひとつに、自分自身が傷ついているのではないかと心配になる。

このままジーンを突き放していいものかどうか悩むが、かといって都筑にはどうしてやることもできない。都筑の気持ちは基のものだ。それは動かしがたい事実だった。そんな都筑が、ジーンにかけてやれる言葉を持ち合わせているはずがない。ジーンも同情はまっぴらだとさらに機嫌を悪くするに違いなかった。

ジーンはもう一度デスク上の写真を切れ長の目で一瞥《いちべつ》し、ふっと溜息をつく。

都筑を落ち着かない気分にする、意味ありげな深い溜息だ。

「ジーン。言いたいことがあれば言え。俺はきみのそういう態度が気に障る」

苛々してきた都筑は、きつい口調でジーンに迫った。

「申し上げていいものかどうか、わたしは悩んでいるんですが」

窓際を離れて都筑のすぐ傍らに立ったジーンは、迷う瞳を都筑に向ける。都筑はジーンの緑色の瞳をきつく見据え、目で話の先を促した。

「お聞きになって後悔なさらないことを祈ります」

ジーンはそんなふうに前置きまでして、思いがけないことを続けた。

「ボスの恋人はとても上品で可愛らしい美青年ですが、案外、寂しがり屋でほだされやすい性格なのかもしれないですね。昨日ホテルの裏手で彼を見かけたとき、実は彼、大柄な日本人の男と搬入口の隅の方で熱い抱擁を交わしていました。ワイルドな感じの、熊みたいな男でしたよ。ボスとはずいぶんタイプが違いますから、わたしは最初自分の勘違いかと思ったんです。そもそもこの写真の人は、今日本にいらっしゃるものだとばかり思っていましたから」

「ばかな」

つい、都筑は声に出して強く否定していた。本当は心の中でだけ呟くはずだったのだが、あまりにも衝撃が強く、抑えきれなくなったようだ。

「見間違いだ。基はニューヨークに知り合いがいるなど、一言も言っていなかった」

都筑の言葉はほとんど自分に言い聞かせるようなものだった。

ジーンが軽く肩を竦める。

「ええ。わたしも見間違いだといいと思っています。でも……」

ジーンは言い淀《よど》み、また写真に視線を伸ばした。

「こんなに可愛い人が偶然二人もいると考えるのは、ちょっと無理がある気もします」

痛いところを衝かれ、都筑は返す言葉もなくぐっと詰まった。

認めたくない。

だが、ジーンが見たのが本人だということだけは疑いようもなかった。認めざるを得ない。都筑に否定できるとすれば、そこから先の行為の方だ。

基に限って他の男とどうにかなるなど、絶対に考えられない。寂しがり屋、ほだされやすいというのはまんざら外れてはいないが、だからといってすぐさまそんな短絡的なまねをするほど捌《さば》けてはいないし、恋愛慣れしてもいない。日本ですらろくに遊びもしていなかったとたった今聞いたくらいだ。まして、ニューヨークには都筑がいて、ちょっと無理をすればどんな真夜中だろうと会いに行ってやれるのに、なにゆえ他の人間を頼らなければならないのだ。冷静になって考えれば明快だった。

その態みたいだったという日本人は、ただの知り合いか何かだろう。久しぶりに基と会って、懐かしさが高じるあまり基を強く抱き締めすぎただけなのだ。なんならちょっと調べてみればいい。きっとたいしたことではないというのがわかるだろう。

ジーンの目にどう映ろうと、気に病む必要はない。

都筑はただ基を信じさえしていればいい。

基に事実を質《ただ》したい気持ちはあるが、都筑はあえてそれはするまいと心に決めた。少しでも疑ったことを基に知らせたくない。純粋で、驚くほど無垢なところのある基は、それだけでも深く傷つくだろう。都筑は基を、手のひらに包み込んだ真珠の粒のように大切に思っている。精一杯大事にし、守ってやりたい気持ちでいた。

都筑の気持ちに決して偽りはなかった。

それでも、一度胸に生じた疑惑の欠片《かけら》は、都筑の心にしつこく波紋を投げかけながら奥深くに沈み込んでいった。

欠片は当分の間表面に浮き上がってきそうな気配はなかったが、底に埋まり込んでいて、ふとした拍子に存在を知らせて都筑を脅かす、そんないやらしい役目を引き受けることになったようだった。

ニューヨークに来て三日目の月曜日から、基の研修は本格的にスタートした。

超一流ホテルのレストランで、ウエイターとして実際に働く。一ヶ月という短い期間の、しかも幹部候補生の研修としては、異例だそうだ。英語が不自由なく喋れたのと、功からのたっての希望が通ったものらしい。こういう点、やはり功は基に厳しい。

基のチューターを引き受けてくれているのは、フレンチレストランのベテランウエイターだ。ウエイター歴三十年の彼に、基は立ち方から厳しく叩き込まれることになった。

学ばせてもらうといっても、手取り足取り親切に指導してくれるわけではない。ホテルマンとして実際日本で働いているからには、最低限の基礎は備わっているはずというスタンスで、いきなり現場に投入された。実際に仕事をしながら、体で覚えろということだ。

ただでさえ目の肥えた、一流のサービスに慣れ親しんだ顧客が多い中、基は何かしら失敗しては、同僚たちから怒鳴りつけられたり睨まれたりした。うまくやれない悔しさに、何度厨房《ちゅうぼう》の隅や職員専用の化粧室で泣きたくなったか知れない。ことに、思い切りひどい言葉で罵《のの》られ、日本に帰れ、とまで言われたときには、一瞬本気で逃げたくなった。

研修開始一日目からすでにそんなふうなのだ。我ながら意気地がない、気骨がないと情けなくなる。二日目の朝起きて職場に行くのがこれほど気重に感じられたのは初めてだ。ひしひしと本場の名門ホテルの厳しさが身に染みる。

三日目の水曜日はローテーションの関係で、午後五時までの勤務だった。

前から約束していた通り、都筑と会って食事をし、久しぶりにリラックスした時を過ごす。

「大丈夫か？」

普段より疲れた顔をしていたのか、会うと開口一番に都筑は基を気遣ってくれた。

「大丈夫ですよ」

忙しいのに基のために時間を空けてくれた都筑によけいな心配をかけたくなくて、基は精一杯笑顔を作り、都筑を安心させようとした。

そういう都筑自身、なんだか少し覇気がないようだ。

ときどきじっと基の顔を問うような視線で見据え、頭の中で考え事をしているような様子のときがある。「どうしたんですか」と聞いても、「なんでもない」とごまかして決して胸の内を明かそうとしてくれないのが気になった。なんでもないようには思えないのだが、もしかすると基が聞いてもどうしようもないことなのかもしれない。だから都筑もあえて話そうとしないのではないか。基はとりあえずそう考え、自分を納得させることにした。

その晩は、都筑のアパートに行き、泊まった。

以前から話だけ聞いていた飼い犬のラブラドール・レトリバーと対面する。タロウはきりりとしていて実に躾《しつけ》の行き届いた犬だ。真っ黒い毛にはビロードのような光沢があり、美しい。猫しか飼ったことのない基は、タロウの大きさと人なつっこさに感激し、撫でたり抱きついたりして構い続けていた。

そんな基の様子を、しばらくは苦笑しながら眺めていた都筑だったが、あまりにも基がタロウにばかり夢中になっていたせいか、さすがに不服を感じたらしい。あからさまに妬《や》いた顔になり、基をベッドルームに連れ込んだ。

都筑との営みは、いつもより少しだけ性急で激しく、苦しかった。滾《たぎ》るような熱情に翻弄され、幸せではあったのだが、終わった後ぐったりとしてしまう。基に激情をぶつけた都筑は、ようやく冷静さを取り戻したようだ。興奮しすぎたことを詫《わ》びてくれ、基の髪や頬を愛しさの籠もった指遣いで触れてきた。

都筑の腕に包まれて優しい後戯にうっとりしながら、基はぽつりぽつりと研修の様子を話していたのだが、そのうち眠ってしまった。予想以上に疲れが溜《た》まっていたらしい。目を覚ましたら朝になっていた。

都筑は昨夜ときどき見せた憂鬱《ゆううつ》そうな表情をすっかり払拭《ふっしょく》しており、いつも通り優しく上機嫌だった。

愛してる、と何度も囁かれ、朝から濃密なキスをたくさんされる。基は心からホッとした。

幸せを嚙み締めさせてもらった半日休暇の後は、また仕事だ。

相変わらず叱咤《しった》されてばかりだが、ごくたまに褒められることも出てきた。そうなると、にわかにやり甲斐が感じられてくるものである。がんばって、もっと周囲から認められる仕事ができるようになりたいという意欲が湧く。

同時に気づいたことがあった。

よくよく考えてみると、基はまだ一度も客からは叱《しか》られていない。いかに他のスタッフが自分をフォローしてくれていたのかを感じる。

そうとわかってからは、顧客や他のスタッフの期待に応えられるようなサービスのできるウエイターになろうと努力する気持ちが生じた。口で教わらなくても、周りを見て他の人のやり方を参考にする。基にも少しずつそのコツが摑めてきた。

一度コツを摑めば、そこから先はずいぶん吸収するのが早くなった。基自身、驚くばかりだ。

あっという間に一週間、十日と過ぎていく。

その間、基は夜寝る間も惜しいくらい仕事を覚えることに夢中だった。

都筑からはたびたび電話をもらう。話ができるのはとても嬉しかったのだが、会おうと言われるとたいてい仕事を理由に断らざるを得なくて、心苦しい。

休みがないわけではない。

ただ、基自身が休む気になれないだけだった。

ホテルに出勤しない日でも、部屋で研修ノートの整理をしたり、レポートを書いたりすることに追われ、ついそちらを優先させてしまう。時には同僚に連れられて、サービスの参考になるレストランに行くこともあった。それも研修のひとつである。

都筑と会っていても常に仕事のことが頭の隅にあり、行きたい場所も、美術館や博物館、ブロードウェイでの観劇などといった知識や見聞を豊かにするところばかりを思いつく。都筑と一緒の時間を楽しむためというより、ホテルマンとしてもっと幅の広い教養を身につけておきたいという気持ちの方が強かったのは否めない。

聡《さと》い都筑が基のそういう内なる思いに気がつかないはずがない。

都筑が次第に焦れ、不機嫌になっていったのも、無理はなかった。

しかし、基は仕事のことで頭がいっぱいだったものだから、大事な恋人の気持ちに気づくのが遅れてしまった。もともとあまり器用な方ではない。ひとつのことに意識を集中させてしまうと、他のことはどうしてもその次になってしまう。両方うまくやっていけるだろうなどと当初考えたのは、明らかに甘かった。

『明日こそは、仕事のことはいっさい抜きにして、俺と付き合ってくれ』

ある日、夜半過ぎの休憩時に、都筑から電話がかかってきた。ニューヨークに来て、早くも三週間目に入ったときだ。

有無を言わさぬ調子できつく求められた基は、困惑し、返事に詰まってしまった。

明日は早番だ。早朝から仕事に入り、午後二時頃には上がれる。そして翌日は丸一日休みになっていた。

前から明後日《あさって》は都筑と会う約束になっていたのだが、明日の話はしていなかった。基の心積もりとしては、明後日を一日都筑のために空け、明日は部屋で勉強したかったのだ。

「もしかして、明後日がだめになったんですか?」

おずおずと聞く基に、都筑は声の調子をきつくした。

『もちろん明後日もきみと会うためにフリーにしてある。俺は明日の午後からきみをケープ・コッドに連れていきたい。さして大きくはないが、ハイヤネスに別荘を持っている。車なら四時間程度で行けるから、きみをホテルで拾ってそのまま出かければ、夕方には着く。翌日はプロビンスタウンまで足を伸ばそう。運がよければクジラが飛び上がるところが見られる』

「クジラ…?」

基が目を瞠《みは》ると、まるでその様子が見えたかのように都筑は語調を和らげた。

『そうだ。ハイヤネスはケネディ家ゆかりの土地で、ケネディ家の別荘やケネディ博物館などもある。ハーバーも綺麗だ。夕日を眺めながら名物のロブスターでも食べよう。夜は二人きりでゆっくりと酒を飲みたい』

確かにそれは心惹かれる提案ではある。

基は迷い、心の中で葛藤《かっとう》した。

これが単なる旅行で来ているだけだったら、一も二もなく「はい」と答え、心を躍らせたことだろう。だが、基の頭からは仕事のことが消えなかった。基は、自分が努力をしてやっと一人前の、ごく普通の才能しか持たない人間だと知っている。人の倍は必死にならなければ、とうてい満足のいく成果は上げられない。勤務時間外でも、のんびりと遊んでいてはだめだということが身に染みていた。

都筑とドライブして海を見に行きたいのはやまやまだが、どうしてもあっさりと踏み切れず、快い返事が出せなかった。

迷う基に都筑は再び眉を顰《ひそ》めたようだ。

『それとも、同郷のよしみらしい誰かとは僅かな時間を工面して食事に出かけても、俺とは行きたくないわけなのか?』

含みを持たせた言い方に明らかな皮肉を感じ、基はギクリとした。

「智将さん……?」

なんのことですか、と続けるより早く、都筑がぴしゃりと言い放つ。

『誰のことを言っているのかなど、俺に聞くな』

基は都筑の怒り交じりの言葉に呆然《ぼうぜん》とし、受話器を持ったままじわっと俯いた。

同郷のよしみ、というのが西根のことなのは間違いなかった。前から約束していたから、先週一度食事を共にした。しかし、それは都筑に勘繰られるような後ろめたさのあるものではまるでなかった。チェルシーにある創作ペルー料理のレストランで、軽く飲みながら屈託のない話に興じただけだ。ほんの二時間ばかりのことで、店を出てからも部屋まで送るという西根を断り、そこから地下鉄で帰ったくらいである。

なぜ都筑が西根と食事に行ったことを知っているのか不思議だが、この場でとうていそんなことが聞ける雰囲気ではなかった。

「ごめんなさい」

都筑を不愉快な気分にさせたのなら、それは基が悪いのだ。そう思い、基は素直に謝罪したのだが、それが都筑をさらにムッとさせたようだった。

『なぜ謝る？　きみは彼と俺に言えないようなまねでもしたのか？』

「……そんな…」

あまりのことに基は喉が詰まったようになり、うまく言葉が出せなくなった。

『俺もあのホテルはよく利用するから、スタッフの中に懇意にしている人間が何人かいる。日本から研修に来ているきみのことは、あちこちで話題になっているそうだぞ。それだけきみに注目している連中が多いというわけだ』

そうだったのか。少しも意識していなかった。基はこくりと喉を上下させた。

どうやら、都筑はその懇意にしている人物から、出入り業者である西根のことを聞いたようだ。西根は週三日、花の生け替えにやって来る。基と顔を合わせると必ず声をかけ、いかにも親しげに喋るので、二人が仲がいいのはすでに周知の事実なのだろう。日本人同士ということでも目立つのかもしれない。

『まぁいい』

言葉とは裏腹に少しも納得していなさそうな都筑の苦々しげな声が、基の心臓を抉る。

基は謂《いわ》れのない疑いをかけられた悲しさに胸が張り裂けそうだった。

黙り込んだままの基に都筑も気まずさを感じたらしく、しばらく沈黙が続いた後、普段の穏やかさと優しさを取り戻した声で『基?』と様子を窺ってくる。

『もういいと言ったはずだ』

「でも……」

僕の行動に怒っているのでしょう、という言葉が喉の先で止まってしまう。今の基には、都筑の反応が予測できず、安心してなんでも喋る勇気がない。好きだから、怖かった。嫌われたくない気持ちが先立ち、臆病になる。

『明日、迎えに行くから。いいだろう基?』

一晩中きみを抱きたい。低く、セクシーな囁きが耳朶を打つ。

基はぼわっと頰を熱くしながら、聞こえるか聞こえないかという声で「はい」と返した。

受話器を置いても胸の動悸と熱は去らない。あの罪作りな声のせいで体の芯がじんと痺れてしまっている。

まだ胸中のもやもやしたものは完全になくなっていなかったが、基にはどうすればいいかわからなかった。恋はときどき難しい。基は当惑して気を揉むばかりだ。駆け引きなど思いつきもせず、ひたすらその場その場で自分の心に誠実になるしかない。

都筑から一泊のドライブに誘われたのは嬉しかった。

仕事も大切だが、都筑との関係も大事にしたい。今回は都筑の望む通りにしよう。もしまだ西根に関する誤解が僅かでも都筑の胸に燻《くすぶ》っているのなら、ちゃんと説明してわかってもらわなければ。基はあらためてそう思った。

これまで基が知っている都筑は、優しくて頼り甲斐のある、タフでハンサムな紳士、という印象しかなかった。才能に恵まれたスマートな青年実業家で、自信に満ちあふれ、常に鷹揚に構えているイメージだったのだ。しかし、当然のことだが、都筑も決して完璧な人間ではない。憤りに任せてひどいことを言わずにはいられないときもあるし、皮肉な気分になるときもあるだろう。

むしろこれまでが、基に対して過ぎるくらい辛抱強く接してきてくれていたのだ。

今、都筑を怒らせているのは、あまりにも基が自分勝手だからに違いない。仕事ばかりを優先させて、せっかくの都筑との時間をないがしろにしているという自覚はあった。基もそれには反省している。

やはり自分が悪かったのだ。明日、都筑に謝ろう。

なんのかんのと言っても、結局のところ、基は都筑が好きで好きでたまらない。

一緒にいられるのなら喜んで一緒にいたいのが本音だ。仕事とどっちが大事なのかと聞かれれば、一概に比較できないと答えるしかないが、それでももし都筑が基に愛想を尽かし、別れると言い出すようなことにでもなったなら、一生後悔する。

仮眠用のベッドで休んだ後、早朝からまた勤務に戻る。

ブレックファーストタイムが終わってランチタイム用のテーブルセッティングが始まったとき、基はチューターのジョージに呼ばれた。

「実は、マイケルの子供が今朝体調を崩してな」

ジョージは至極申し訳なさそうな顔つきで基を見る。妻が出張に出ていて他に子供を看《み》る人間がいないらしい。夕方になればシッターが来てくれるからその後急いで駆けつけると言っているので、それまで基に勤務を延長してもらえないかという話だった。

「疲れているところ悪いが、なんとか頼めないか。今日はたまたま勤務のローテーションの関係で、申し訳ないことにきみ以外に頼める人間がいなくてな。マイケルが来る六時まで繋いでくれると助かるんだ」

基は激しく迷ったが、結局断れなかった。

マイケルにはいつもなにかと目をかけてもらい、助けられている。気のいい黒人青年で、基は彼に常々好感を持っていた。なにより、困っているときにはお互い様という考えが頭の中にある。

「本当にすまんな。ありがとう、基」

勤務を延長することはたいしたことではない。問題は、都筑だ。

基は都筑に急な予定変更を告げようと、会社に電話をかけた。しかし、たまたま外出していて不在だった。午後からは休暇を取っていて、もう社には戻らないらしい。

迎えにきた都筑にその場で直接、夕方まで出られなくなったと言わなくてはならないのかと思うと気が重い。都筑は憤然とするだろう。昨日の不愉快そうな声を思い出すだけで基は身の縮む思いがした。それでも、一度引き受けたからには、仕事を途中で放り出すわけにはいかない。

きっと都筑もわかってくれる。都筑自身、働くことに誇りとプライドを持っているビジネスマンなのだ。基はそう自分に言い聞かせながら、落ち着かない気分で約束の時刻を待った。

二時ちょうど。基はジョージに断りを入れて持ち場を離れ、裏手の業者・スタッフ専用駐車場に行った。都筑はすでに来ている。

「どうしたんだ」

車の脇に立ち、通用口に視線を向けて基が出てくるのを待っていた都筑は、基の姿を目にした途端、眉を顰めてあからさまに訝しげな顔つきをした。基が着替えていないので、すぐさま不都合が起きたのだと悟ったらしい。

「ごめんなさい」

開口一番に基は謝った。

都筑は睨むような眼差しで基を見据えるだけで、しばらく口を開こうとしなかった。これまでになく剣呑《けんのん》な表情が基に不安と怯《おび》えを抱かせる。こんなに機嫌を損ねた都筑は初めてだ。取りつく島もなさそうで、言おうとしていた言葉が喉に張りつく。きちんと理由を説明して都筑を納得させなければ、約束通りにできなかったことを詫びなければと気持ちだけは焦るのに、実際には情けなく黙り込み、固唾《かたず》を呑《の》んで都筑の顔色を窺うことしかできない。

「——つまり、俺とは出かけたくないというわけか」

地を這《は》うように低く、感情を押し殺した声で都筑が一足飛びに結論づける。

俯き加減になっていた基は、弾かれたように顔を上げた。

「違います！」

思いがけない誤解を受けたことに動揺し、基の頭の中はぐしゃぐしゃになった。うまく考えがまとまらない。言わなくてはと焦る気持ちばかりが先に立ち、気持ちが言葉にならない。基はどうしていいかわからず、泣きたい心境になってきた。違う、と言ったきり、何がどう違うのか説明できないのだ。自分はこうしたいと考えている、ということも告げられなかった。本当は、仕事が退《ひ》けてからでもよかったら、ハイヤネスまで飛行機が飛んでいるのでそれで都筑を追いかけたい、と提案するつもりだった。そうすれば今夜遅くなっても都筑の別荘に行けるだろう。

「何が違うんだ」

都筑ははっきりと基を責める口調になった。今まで聞いたこともないほど冷ややかな声音で、基は耳を疑った。こんな都筑は知らない。萎縮して、ますます唇が強張る。しかし、都筑が怒るのも無理はなかった。うまく説明できない自分が悪いのだという気持ちから、基は自省を深めるばかりだ。

「……ごめんなさい」

やっとそれだけ口にできたが、かえって都筑の態度は硬化し、憤懣《ふんまん》を増幅させたようだった。

「ごめんなさい？　わざわざこうしてきみを迎えにきた俺に、きみはそれしか言えないのか。俺だっていつもいつも暇を持て余しているわけじゃない。むしろ、秘書に調整させてやっとやりくりしたオフだ」

冷ややかな言葉と視線を浴びせられ、基は血の気の引く思いを味わった。怖い。こんなに不機嫌をあからさまにした都筑と、どう対すればいいのだろう。不用意な一言がもっともっと望まぬ方向に事態を追い込みそうで、基はもう何を言う勇気も出せなかった。

都筑がわざとらしい溜息をつく。

「きみが仲睦《なかむつ》まじくしているフラワーアーティストは、西根というそうだな？」

基は答える代わりに目を伏せた。なぜここで都筑が西根のことなど持ち出すのか、基には見当もつかない。

「慣れない異国での寂しさは、同郷の男に埋めてもらわないとだめなのか。確かに俺は彼ほど日本を知らない。週に三日もここに来て、きみと顔を合わせるのもいささか難しい。だからこうして今回のように小旅行を計画したつもりだったんだが、きみには俺の気持ちはまったく通じていなかったらしいな」

都筑は苦々しげに吐き捨てた。

「俺では役者不足というわけだ。きみの気持ちはよくわかった、基」

「智将さん――！」

いきなり踵《きびす》を返した都筑に基は慌て、引き留めようとした。このままでは、都筑は誤解したままになる。基はまだ何も、本当に何ひとつとして言うべきことを言っていない。

「智将さん、待って」
頑なな背中に声をかけ、我を忘れて都筑の腕を引く。

「触るな！」
怒りに任せたように都筑が基の手を振り払う。振り向きざまにくれられた一瞥は、見知らぬ他人にいきなり触られたときのような嫌悪に満ちていた。

基は気圧され、同時に心に激しいショックを受け、その場に固まった。

よもや都筑の口から「触るな」などと言われるとは、思いがけなさすぎる。頭が混乱し、息も止まるくらい胸苦しくなってくる。

呆然と立ち尽くす基を置き去りにしたまま、都筑は車に乗るとドアを乱暴に閉め、タイヤを軋《きし》ませるほどの急発進であっという間に去っていった。

それまで二人の遣り取りにはいささかも関知せぬ様子で作業をしていた周囲の人々が、何事だ、という表情で振り向く。

じろじろとした詮索する視線を浴びても、基はしばらく動けなかった。

「基？」
その時背後から大きな手に肩を叩かれる。

「恭平さん」

基は西根のむさ苦しい髭面《ひげづら》を見上げ、じわっと涙腺を緩めそうになった。

「おいおい、どうした。どうしたんだ、基ちゃん！」

咄嗟の時になると、西根はどうしても基を「ちゃん」づけして呼ぶ癖が出るようだ。めったになく顔を崩した基を前に、西根は柄にもなく狼狽えた。どうやら西根はたった今来たばかりで、都筑の姿は見なかったらしい。

「なんでもありません」

「なんでもないって顔じゃないぞ！」

今にも泣きそうに顔を崩して覇気のない声で否定しても、西根は言葉通りに受け取って引っ込めないとばかりに食い下がる。

「気分でも悪いのか？　今日の仕事は何時までだ？」

続けざまに聞かれて、基は気分は悪くない、仕事はたぶん六時くらいまで、と短く答えた。

西根は気難しげに眉を寄せ、探るような目で基を見る。

「大丈夫なら、とにかく持ち場に戻れ。俺も各階のエレベータホールの花を生け替えて回ったら今日の仕事は終わるから、帰り、送ってやる」

「い、いいです。僕、ひとりで帰れます」

こんな個人的なことで西根に迷惑をかけるわけにはいかない。基は遠慮しようとしたのだが、西根は退かなかった。

「だめだ。そんな青い顔をしてるきみをひとりで帰らせたら、かえって心配で俺は気を揉んでしまう。先輩にも面目が立たない。いいか、俺はここで待っている。必ず送らせてくれ」

頷くしかない。基は躊躇いを振り払い、西根の心遣いに感謝した。

レストランに戻ると、店内はランチ客で賑《にぎ》わっており、すぐさま仕事が待ち構えていた。担当のテーブルにオーダーを取りに行き、メニューについて訊ねられれば淀みなく説明し、場合によってはそのお客に最も適切だと思うものをお勧めする。「そうね。じゃあそうするわ」とにっこり微笑みかけられると、沈み込みがちになっていた基の気持ちも晴れていく。仕事が基を先ほどの都筑との気まずい出来事から救ってくれた。基は仕事に意識を集中させることで、精神的な救いを得ていた。

五時半にマイケルが出勤してきたので、基は予定よりは少し早く交代して上がった。

仕事中はどうにか気を紛らわしていたが、ロッカールームで着替え始めた途端、膝を折ってへたり込んでしまいそうになるほど辛い気持ちがぶり返す。

大丈夫。ちょっとした行き違いがあっただけ。

基は唇を嚙み締め、そう考えることで自分を勇気づけた。今夜部屋に帰ったら、さっそく都筑に電話してみよう。もう一度今日のことを謝って、明日あらためて会ってもらえないかと自分から誘うのだ。もしかすると都筑も、同じように嫌な気分を抱えて悶々としているかもしれない。せっかく近くにいるのに、こんな些細な行き違いで喧嘩《けんか》したままなのは、あまりにもばかげている。ぐずぐずと躊躇っている場合ではなかった。

通用口から外に出る。

約束通り、西根がステーションワゴンに凭《もた》れて、すでに基を待ち構えていた。

「ああ、ずいぶん元気な顔に戻ったな!」

よしよし、と西根は心底安堵したように満面笑顔になる。

「なんか食べて帰ろうか。さ、乗った、乗った」

「恭平さん、僕、今夜は真っ直ぐに帰ります」

すっかり送るつもりでいる西根を断るのはどうしても無理そうだったので、一度部屋まで送ってもらって、それから都筑のアパートメントに出かけようと決め、とりあえず基は車に乗った。

西根と話しながらも、気持ちの大部分では都筑のことを考えていた。

早く会って、話をして、できれば今夜中に仲直りしたい……。

西根との会話はほとんど上の空だった。

言い過ぎた。

その自覚は都筑にもあった。

ステアリングを握って95Nハイウェイを思い切り快速で飛ばしながらも、沈痛な気分は少しも晴れない。腹立ち紛れにボストン方面に向かってとりあえず走り始めたときより、さらに胸の痛みは増しており、気分は塞ぎ込んでくるばかりだ。

都筑の言葉と態度に呆然とし、元から白い肌をかわいそうなほど青ざめさせていた基の顔が脳裏に浮かぶ。大きく瞠った黒い瞳がじんわりと湿りかけていた。

くそっ。

都筑は心の中で思い切り舌打ちした。

なんだって俺はあんなふうに陰険でいやらしい言い方を、あの基を相手にしてしまったのだろう。どうかしていた。完全に冷静さを失い、頭に血を上らせてしまっていたとしか考えられない。

きっと基はおおいに傷ついたに違いない。

俺が傷つけたのだ。激しい後悔の念が渦を巻く。理由も聞かずに一方的にひどい言葉で基を詰り、挙げ句の果てに伸ばされた手まで振り払ってきてしまった。

基は怯え、都筑を怖がっていた。今まで基にあんな冷たい当たり方をしたことはなかったから、さぞかし驚き、ショックを受けたことだろう。

もし、基が都筑の態度に恐れをなし、今頃別れることを考えていたら。

そう思った瞬間、都筑は背筋に冷たいものを流されたような嫌な感触を覚え、ぞわっと全身を総毛立たせた。

取り返しがつかなくなる前に、都筑から謝るべきなのではないか。

確かに、約束を土壇場でキャンセルされたことに対しては腹を立てた。正直に言うと、今でもまだ気分は害したままだ。せっかく平日に無理をして休みを取り、基と二人で過ごそうといろいろ考えていたのに、基は最初から少しも乗り気でなく、都筑をがっかりさせた。もっと喜んでくれるだろうと思っていたのに、基の返事は色よいものではなかった。ムッとした都筑が、誘った時点でかなり強引に出たのは否めない。しかし、迷いながらでも最終的に行くと了承したのなら、ギリギリになって翻《ひるがえ》して欲しくはなかった。基に自分の気持ちをないがしろにされたようで、どうにもがまんできなくなったのだ。

もっとも、だからといってあんなひどい態度を取ってもいい理由には、もちろんならない。

都筑はその点を深く反省した。

怒る前に基の話を聞くべきだった。何かやむにやまれぬ事情があったに違いないのに、あのときの都筑は、自分でも信じられないほど大人げなかった。自分の中に、ああも怒りっぽくて残酷で、頑なな部分があったとは、思いも寄らない。今までの恋愛においては、もっとクールでスマートに振る舞えていた気がする。

言い換えれば、それだけ基に本気だということだ。

基のことを考えるだけで、都筑の体温はいつもぐっと高くなる。会いたい、抱き締めたい、自分の体の下に敷き込んで所有のしるしを刻み込みたい——そんな欲が尽きない。

考えれば考えるほど焦りが出てきた。

自棄《やけ》になって車を走らせている場合ではない。インターステート・ハイウェイに乗ったときには、いっそひとりでハイヤネスに一泊しに行ってやる、などと不毛なことを考えたが、それより早く基ともう一度話すべきだ。つまらない意地を張っているときではなかった。基は都筑よりもずっと年下なのだ。そればかりでなく、深窓のお坊ちゃん育ちで、微風《そよかぜ》にも当てないように周囲が大切に守り育ててきたような、今どき貴重なほど俗世に染まっていない人である。基が自分から、このいったん拗《こじ》れた関係をどうにかできるとは考えづらい。やはりここは都筑がなんとかすべきだろう。

都筑は次の出口でハイウェイを降りた。

Uターンして95Sハイウェイに乗り換え、来た道をニューヨークに向けて引き返す。

腹の虫が治まるまで車を走らせ続けていたため、かれこれ二時間以上経《た》っていた。今から戻れば六時近くになるだろう。

結局、基にどんな急用が入ったのかは聞かずじまいになっていた。あの後どうしたのかもわからない。もう一度ホテルに行くべきか、それともアパートメントホテルの部屋を訪ねた方が早いのか迷うところだったが、基が昨日からずっとホテルに詰めて勤務していたことを考えると、いくらなんでも今夜も遅くまで働かされるとは考えにくい。マンハッタンに着く頃にはきっと基も勤め先のホテルを出ているはずだと見当をつけた。

もしまだ戻っていなかったとしても、ロビーで待てばいい。

都筑は真っ直ぐにライオン・ガーデンズに行った。

アパートメントホテルに着いたとき、すでに日は傾いており、あたりは薄暗かった。駐車場に車を停め、ホテルの正面玄関へと続くスロープを上がっていく。

そのとき、目の前の通りから赤いステーションワゴンが走り込んできて、玄関前で停車した。

何気なくその車に目をやった都筑は、助手席から降り立った細い姿に不意を衝かれた。

基だ。

向こうは都筑が歩いていたことに気づかなかったらしい。

勤務中に気分でも悪くなって誰かに送ってもらったのだろうか。都筑の頭にまず浮かんだのはその考えだった。

大股に歩み寄りながら、基、と声をかけかけたとき、運転席のドアが開いて大柄な無精髭の男が身を乗り出すのが見えた。

——あの男！

たちまち都筑は顔を強張らせ、硬く唇を引き結ぶ。

「ちょっと待て、基」

男の声は野太く明瞭《めいりょう》だった。荒削りでいかにも無骨そうな顔には、基を愛おしむ気持ちが表れている。黒い目に、基を慈しみ気遣う心境がはっきりと浮かんでいた。このままここで基と別れるのが名残惜しいようで、基が許せば部屋まで一緒に行きたがっているのが見て取れる。

どういうことだ。

一度は鎮めたはずの昼間の怒りが、またしても腹の底からふつふつ湧き立ってきた。

二人の様子をもう少し窺おうとして一瞬その場に足を止めかけたのだが、続く男の言葉に、頭の中が爆発するような激しい憤りに包まれた。

「やっぱり部屋まで送ろう」

単なる知人以上の親密さを感じ、都筑はギリリと奥歯を強く噛み締めつつ、真っ直ぐ二人に近づいていく。憤懣の深さはそのまま靴音に出て、都筑が声をかけるより先に基がこちらに顔を向けた。

「智将さん…！」

驚いて目を瞠る基の顔に、次に浮かびかけたのは嬉しげな表情だったのだが、それは瞬く間に困惑と恐れに取って代わった。全身から怒りを漲《みなぎ》らせている都筑の様子に気づいたようだ。

のうのうと他の男の車で帰ってきて、悪びれもせず俺に微笑みかけるつもりなのか。もしかすると、遠出しようという俺の誘いに乗れなかったのも、この野性味溢れる熊のような大男と先に約束していたからか。そう思いつくと、それ以外のことはいっさい考えられず、都筑はただ基への不信感、疑念、そして不快さを噴出させた。

「こういうことだったのか」

わざとよそよそしい距離を開けて基の前に立った都筑は、すでに気圧されて萎縮している基に、きつい言葉を投げつけた。

「きみも案外隅におけない男だな」

基がみるみる綺麗な顔を歪ませる。どう答えればいいのかわからない。なぜ都筑にこんなことを言われるのか理解できない。そんな激しい混乱と動揺が、ほっそりして頼りなげな全身から伝わってくる。

「おい、おい」

バタン、とドアを閉め、男がこちら側に回ってくる。男の顔は険しい。基を傷つけたらただではおかないぞ、という威嚇《いかく》に満ちている。なんだこいつと都筑を不審がる様子も出ていた。

男に対してはっきりとした敵愾心《てきがいしん》が生まれる。

なんだこいつ、というのは、まさしく都筑側のセリフだ。

基は自分の恋人だ。都筑にはその自負がある。こんな男にここで我が物顔に振る舞われる謂《いわ》れはないはずだった。

男が基を庇《かば》うような形で都筑と対峙《たいじ》する。

「この子に何かいちゃもんつける気か?」

「き、恭平さん」

困惑顔で基が男の逞しい腕に手をかけた。慌てて一歩前に出ようとしたところを、男に守られる形で阻まれる。

「違うんです。あの、僕……」

基は言葉を途切れさせて言い淀む。どう説明すればいいのか迷ったのだろう。

都筑は冷ややかな視線を基にくれた。俺との仲をこの男に知られたくないのは、二股かけているせいか。そんな意地の悪い考えすらも出てくる。実際は単にいつものように遠慮がちになり、恥じらっただけに違いないが、不穏に荒れた都筑の心には僅かの余裕もなかった。基を「この子」などと馴れ馴れしく呼ぶ男にも、「恭平さん」と親しげにする基にも腹が立って堪らない。昔から互いに相手をよく知った仲だという雰囲気を感じて、嫉妬した。この男の方が、都筑よりもずっと以前から基と関わっているのだと思うと、変な敗北感に浸される。

「この子は俺の大事な預かりものだ。どういう理由でこの子に詰め寄るのか知らないが、文句があるなら俺を通せ」

男は毅然《きぜん》とした態度できっぱり言ってのけ、作業着の尻ポケットから名刺入れを出した。

差し出された名刺には、ローマ字の他に日本語で名前が入れてある。西根恭平、となっていた。肩書きはフラワーコーディネーターだ。

「あんたと名刺交換する気はない」

都筑が突っぱねると、西根は勝手にしろとばかりに肩を竦めた。名刺は都筑に向けて突き出されたままだ。都筑は西根と真っ向から睨み合ったまま、指を伸ばして再生紙で作られた薄手の名刺を受け取った。あらためて見ず、そのままシャツのポケットに入れる。

「彼の保護者、というわけか」

都筑は基を顎でしゃくって「彼」とあえて他人行儀に呼んだ。

西根の陰に隠されている基が傷ついた顔になり、悲しげに睫毛を伏せる。それを見ても都筑の憤った気持ちは治まらず、むしろもっと傷つけてやりたい残酷さに襲われた。さっきあれほど深く反省したはずなのに、一度ならず二度までも不愉快な事態に直面し、また裏切られたのだと思った途端、昼間感じた以上の憤懣が込み上げたのだ。

なまじ都筑自身はここに謝りに来たはずだったから、反動で生じた怒りは凄《すさ》まじかった。悪かったと反省したこと自体を基に嘲笑《あざわら》われたような心地になる。この屈辱《くつじょく》感は、ちょっとやそっとでは拭い去れない。純粋で無垢だと信じていた基に、自分の単純さを手玉に取られた気さえしてくる。愛しているという気持ちを弄《もてあそ》ばれたようで、都筑は基を許せなかった。

「あんたは誰だ。基の知り合いなら名前くらい名乗れ」

「都筑智将」

都筑はぶっきらぼうに答えた。

「基とどういう関係だ」

「彼に聞けばいい。俺には、俺が彼のなんなのかわからなくなってきた」

刺々《とげとげ》しく突き放した返事に、基の小さな肩がビクッと揺れる。西根の腕を摑んだままになっていた指も、小刻みに震えていた。

一瞬、都筑の胸に後悔が過《よぎ》る。しかし、西根が背中に隠した基を振り返り、俯けている顔を覗《のぞ》き込んで「基?」と優しく声をかける様を目の当《ま》たりにすると、嫉妬と疎外感でそんな殊勝な気持ちはたちどころに消えてなくなった。二人の間に都筑が入り込めない空気があるのを感じたのだ。

「どうした。大丈夫か?」

基の様子を西根が心配する。

基は控えめに頷いた。都筑を避けるように顔を逸《そ》らし、目を合わせようとしない。

「部屋に行くか?」

ろくに喋らない基に、西根は辛抱強く話しかけていた。基の肩に手をかけ、元気づけるようにぎゅっと摑む。そして都筑に対しては、じろっと鋭い視線を投げやると、まだいるのかと言いたげな渋面をする。

こいつ、と都筑は頭に血を上らせた。

都筑の方を見ようとせず、西根に頼り切った基の態度にも腹が立つ。

そういうつもりなら、俺のいないところで好きにすればいい。

都筑は果てしなくやけっぱちな心境になった。

「都筑さんとやら。悪いが今日のところは帰ってくれ」

とうとう西根がけりをつけるように言った。確かにこのままずっと三人で睨み合っているわけにもいかない。

「勝手にしろ」

都筑はそう吐き捨て、さっと踵を返した。

なぜ俺が西根に負けて、基を彼に預けて立ち去らなくてはならないのか。都筑はあまりの理不尽さに腹の中が煮えくり返りそうだった。

悔しいが、これ以上西根と仲睦まじくしている基を見たくもない。捨てぜりふを残してその場を離れたのは、意地と矜持からだ。

ここニューヨークでは都筑だけが頼りなのではと思っていた基が、実際には西根のような逞しく堂々とした男にもちゃんと守られていると、今日になってはっきり認識させられた。

なんとなく騙《だま》されていた感が拭えない。

最初に西根のことを都筑に教えたのはジーンだった。これがもし、あらかじめ基自身の口から知り合いがいると聞かされていたなら、こんなふうに嫌な気分にはならなかっただろう。疚《やま》しくないなら話せたはずだと基を責めずにはいられなかった。

もしかすると西根の傍を離れて都筑を追いかけてくるかと思ったが、基は動かなかった。

正確には動けなかったのかもしれない。

基に冷たくし、背中を向けておきながらも、追ってきてくれることを心の隅で期待していた都筑は、またもや当てを外されたのだ。

怒りが鎮まらぬまま駐車場に停めた車に乗り込み、ライオン・ガーデンズを後にする。

入れ違いに西根のステーションワゴンを、ホテルの係が駐車場に入れに来た。どうやら西根は係にチップを渡して車を任せ、基と共に部屋に上がったらしい。

都筑は心中で強く舌打ちした。

ちらりとでも基に同情を感じた自分自身が、とんだ間抜けに思えてくる。たぶん基は、どれだけ都筑を苛立たせたのか、少しもわかっていないのだ。普段は世間知らずなところが愛しいと思っていても限度がある。都筑も感情に左右されるひとりの男だ。非の打ち所のない完璧な人間などではない。

ハイウェイを走りながら反省したことなどすっぽりと頭から抜け落ち、いささか乱暴な運転でオフィスに向かった。とうていこのままアパートメントに帰ってひとりになる気にはなれなかったのだ。

オフィスにはまだジーンがいた。休暇を取ると言って午後から退社したはずの都筑の急な予定変更に、驚いた顔をする。

「明日の休みはキャンセルだ」

「わかりました、ボス」

ジーンは美貌を微かに綻ばせ、すぐに有能な秘書の顔に戻る。

その夜、都筑は遅くまでオフィスに残って仕事に没頭し、基のことは頭から追い払った。

「大丈夫か？」

もう何度目かわからないほど西根は基に繰り返し聞き、心配で離れられない顔をする。あの男と何かあったのか、仕事上でのトラブルか、それともホームシックにでも罹《かか》ったのか。思いつく限りのことを挙げ連ねて気遣ってくれる西根に、基は申し訳なく感じながらも口を開く気力さえなかった。

とにかく部屋で休めと言われ、素直に従った。

西根に激しく迷惑をかけて煩わせ、基は自分の情けなさを嫌悪する。精一杯なんでもない顔をしようとするのだが、なかなかうまくいかない。かえって「俺の前では無理するな」と心を込めて叱られる始末だ。

謝りに行こうと思っていた矢先の予期せぬ出来事に、基は動揺しきっていた。

なぜこんなふうになるのだろう。タイミングの悪さを恨みたくなる。

不快さと嫌悪を滲ませた都筑の冷たい瞳。基は思い出すたびに背筋を震わせ、奈落に突き落とされたような絶望感を味わった。

ニューヨークに来て、基は都筑の態度に戸惑ってばかりいる。

都筑の気持ちが理解でき、安心していられたのは、それこそ初めのうちだけだ。特に初日は、久しぶりの再会に身も心も浮き立ち、恥ずかしいくらい何度も求め合い、お互いの情熱を確認した。都筑も、基がニューヨークに来たことを、本当に喜んでくれているのだと信じられた。日本で過ごした短くも濃密な日々を、今度は三ヶ月かけてたっぷり堪能しようと囁かれ、舞い上がるほど嬉しかったのだ。

それなのに。

いったいその後どこでどう歯車が狂ったのか、基の勤務が始まった途端、都筑の態度は微妙におかしくなった。最初から研修で来たことは承知していたはずなのに、思うように時間が合わせられないと苛々した様子を見せたり、スタッフとの関係を変に気にしたりする。一度などは思いあまったようにして、ホテルを辞めないかとまで言われ、驚いた。それはすぐに都筑の方から失言だったとばかりに撤回したが、基は都筑がちらりとでもそんな気持ちになったことが信じられなかった。全然都筑らしくない。

何かよほど基のことで不満や不安があり、落ち着けずにいるのだろう。しかし、基にはその理由が考えつけなかった。身に覚えがない。以前とどこが違うのか思い当たらない。最近少しよそよそしい、と都筑がちらりと洩らしたことがあったが、むしろ基は都筑を頼りにしすぎているのではと申し訳なく感じているくらいだ。日本ではもっと自分からいろいろ行動していた。初めての場所に来て間もないせいか、ここではなにもかも都筑に任せている。心苦しい。一日も早く仕事に慣れ、マンハッタンを知ろうと努めているつもりだった。

基自身は日本にいるときと何も変わらないつもりだが、都筑には基が違って見えるのか。

この二、三日、ちょっと仕事に夢中になりすぎているのは確かだ。特に、今日のことは心の底から悪かったと反省している。せっかく小旅行を楽しみにしてくれていたのに、いくら事情があったとはいえ、都筑の好意を踏みにじるような仕打ちをした。都筑が怒っても仕方ない。

謝りたかったのに。謝りに行こうと本当に思っていたのに。

あろうことか都筑の方から訪ねてきてくれた姿を見た瞬間には、目を疑った。嬉しかった。ところが、そこから事態はさらにおかしな方向に進んでしまい、決裂したのも同然の結果になってしまったのである。

考えれば考えるほど、基は胸を掻きむしりたくなるような気持ちになる。

西根に付き添われて部屋まで戻った基は、力無くソファに座り込み、項垂《うなだ》れた。

「基。ほら、コーヒーだ」

「ごめんなさい恭平さん。ありがとうございます」

「熱いから気をつけろ」

西根は基に注意して、基がカップに口をつけるまで見守った。

熱くて美味しいコーヒーが、基の沈み込んでいた気持ちを少しだけ慰める。

基は隣に座った西根を振り仰ぎ、ほのかに微笑んだ。基が笑うと西根は心底安堵した表情になり、瞳を和らげた。西根も手にしていたコーヒーを飲む。

「ぶっちゃけた話――あいつと付き合っているのか？　それで、喧嘩でもした？」

いきなり核心を衝かれ、基は狼狽えた。取り繕《つくろ》う余地もない。

西根が唇の端を上げて苦笑いする。目もますます優しい印象になった。笑うと無精髭を生やした褐色の顔がとてつもなく魅力的に映る。都筑のような都会的に洗練された端整さとは違う、もっと荒削りな野性味に溢れた男前の顔つきだ。小さい頃から知っている印象が先に立ち、今の今までただ頼れるお兄さんとしか思っていなかったが、あらためて見ると、恋人がいないというのが嘘のようないい男ぶりだ。

ふと、都筑はもしかして本気で西根に妬いているのだろうか、という考えが脳裏を掠《かす》めた。以前、都筑に言われた皮肉がいまだに心の隅に残っていて、ひそかに気になっているせいかもしれない。

まさかそんなことあるはずがない。次の瞬間基は否定した。ばかげていると自嘲《じちょう》する。自意識過剰だ。恥ずかしい。

ずばりと言い当てられて返事に困っている基を横にして、西根はやれやれというように肩を竦めた。そして、まいったなと呟いて短く刈《か》り込んだ頭を掻く。

「恋人がいるって言ってたのは、あいつのことだったのか。そりゃちょっと悪いことしたな」

基は不安に駆られて聞き返す。西根は眉尻を下げ、目を細くした。

「なに。心配しなくたっていいさ。彼も今頃、きみを怖がらせたことを後悔しているだろう。俺がきみと一緒にいたものだからカッとしただけで、冷静になったら誤解だとわかるはずだ」

「それじゃ、やっぱり僕と恭平さんのこと、疑われたんでしょうか？」

さっきあり得ないと否定したばかりだった考えを、基は西根に確かめてみた。

「本気で疑ったわけじゃないと思う。そんなに悲愴《ひそう》な顔をしなくたって、ちゃんと話せば問題ない。基、頼むから落ち込まないでくれ」

西根はセンターテーブルにコーヒーの入ったマグカップを置くと、基の肩を抱き寄せ、あやすようにうなじに指を走らせた。

花を扱うときのように慎重で繊細な指の動きが、基の乱れた気持ちを徐々に癒《いや》していく。

基は西根に預けていた肩を起こすと、しっかりした声で言った。

「僕、明日、謝ってきます」

「そうだな。それがいい」

西根もすぐさま賛成する。

「恭平さん」

基は西根を真っ直ぐに見て、頬を熱くしながら聞いてみた。

「……恭平さん、あんまり驚かないんですね」

「ん？　ああ、きみの相手が同性だってことにか。まぁ、今どきそんなに珍しくないし、俺たちみたいなアーティスト系には結構多いからな。かくいう俺自身、まだ試してみたことはないんだが、たぶんどっちでもOKな気がする。おそらく都筑にもそれがなんとなく感じ取れたから、あんなふうにきみを責めたんだろう」

「恭平さんにまで迷惑かけて、本当にすみませんでした」

「俺のことはいい」

何度も謝ると西根は逆に不服そうな顔をする。

「色恋沙汰はさすがにどう助けてやりようもないが、その代わり愚痴《ぐち》ならいくらでも聞く。何かあったら必ず連絡しろ」

「はい」

基の返事がしっかりしていたので、西根もこの場はいったん肩の荷を下ろした気持ちになったようだ。

「気晴らしに外でメシでも食わないか？」

「せっかくですけど、またの機会に誘ってください」

「そうか。じゃあ今夜は早めに休めよ。あんまり考え込むな」

西根は無理に基を外に連れ出そうとはせず、励ますように肩を叩くと、引き揚げていった。

しんとした部屋にひとりになる。

つまらない諍《いさか》いでせっかくの休日をフイにした後悔が基の胸を苛んだ。今すぐにでも会いに行き、謝りたい。そんな切迫した気持ちに襲われる。だが、まだ都筑の怒りは冷めていないだろう。今焦ってよけいなことをすれば、さらに拗れる可能性がある。一晩おいて、基自身がまず平静になり、それからきちんと都筑と会って話す方がいい。

焦る気持ちを必死に堪え、せつなさも悲しさも押し殺す。

この胸の痛みは罰だ。基はそう思い、どんなに辛くても受け止めようと努力した。

それでも感情の乱れは激しくて、ちょっとでも気を緩めるとじわっと目頭《めがしら》が熱くなる。何も手につかなかった。研修ノートのまとめも、レポートの作成もまったくできない。食事をしようという気にもならず、十一時過ぎまでソファにぼんやり座り込んでいた。

ようやく上の空でシャワーを浴びてベッドに潜り込んだものの、結局一晩悶々として眠りにつけぬまま朝を迎えた。

昨晩よりは心を落ち着けられた気もするが、よくわからない。

九時を過ぎた頃、おそるおそる電話に手を伸ばした。都筑が今日アパートメントにいるのか、もしくは予定を変えて出社したのか確かめようと思ったのだ。そんなことに頭を回せるだけの冷静さは取り戻していたようだ。

電話は留守電になっていた。

都筑のオフィスは市庁舎の近くにある。バッテリーパークまでドライブしたとき、ついでにビルの前を通ってくれて、ここだ、と教えてもらったので、場所は覚えている。

プライベートな用事で会社にまで訪ねていいものなのかどうか迷ったが、夜までこの部屋に籠もって鬱々《うつうつ》としているのも苦痛だ。勇気を出して行ってみることにした。追い返されたらどうしようなどと悪い方向にはあえて考えない。考え始めたら足が竦む。反対に、都筑もきっと基が来るのを待っているはず、と考えた。

トーストと紅茶の軽いブランチを済ませ、地下鉄に乗って市庁舎公園の傍で降りる。ちょうど昼前だ。

もしかするとランチタイムに時間を取ってもらえるかもしれない。

なるべくいいことだけを考えるようにしてきたが、いざオフィスが見えてくると、やはり恐れや不安が頭を擡げてくる。払いのけても払いのけても、じわじわと喜ばしくない事態が想像され始め、全身が緊張した。足取りも重くなる。自分の臆病さ、意気地のなさが情けない。

都筑はまだ怒っているだろうか。昨日の今日だから、怒っていても不思議はないが、できれば会って穏やかに話ができるくらいにまで気持ちを鎮めていて欲しい。たぶん、いや、きっと大丈夫。都筑はそんな狭量《きょうりょう》な男ではないと基は信じている。

会ってさえもらえたら、基はどんなふうにでも謝るつもりでいた。都筑のことが好きだ。失いたくない。不器用な基には駆け引きなどできないことを、わかってもらいたかった。

勇気を振り絞り、オフィスのエントランスホールにある受付で、基は都筑を訪ねてきた旨《むね》を告げた。人当たりのよい受付嬢が、にっこり笑ってアポイントメントの有無を確かめてくる。

その段になって基は、都筑が多忙な社長であること、会うには約束を取り付けておくのが当然だったことに、遅ればせながら気がついた。基にとっての都筑はいつも恋人の立場だったものだから、頭では企業のトップだと理解していても、それを具体的なイメージとして意識することはほとんどなかった。あらためて、社長なんだ、とひしひし感じる。こんな美麗なビルディングを建てられるほど遣り手の事業家を、自分はプライベートで独り占めしていたのだ。なんだか気後《きおく》れしてきた。

基が「いいえ」と赤くなりながら答えても、ブルネットの受付嬢はまったく邪険な態度を取ることなく、「お待ちください」と断って秘書室に電話を入れていた。

「今、秘書課の者が下りてまいります」

受付嬢に告げられ、ガラス張りになった壁際に立ってしばらく待っていると、警備員が立って入館証のチェックをしている右手奥から、すらりとした細身の男性が基の顔を真っ直ぐ見ながら歩み寄ってきた。

どこかで……?

基は近づいてくる彼を見るなり記憶を刺激され、すぐさま思い出す。初めてプラザ・マーク・ホテルに行ったとき、裏手の業者用駐車場で見た人だ。曰《いわ》くありげな目つきでじっと見られて不審を感じたものだから、気になって覚えていた。

「都筑の秘書をしておりますジーン・ローレンスです」

なるほどそうだったのか、と基はいちおう納得した。ジーンは基の顔を知っていたのだろう。だからあのとき不躾なまでの視線を浴びせられたのに違いない。都筑との関係まで承知しているのかどうかは知らないが、向き合った印象はお世辞にも友好的とは言えなかった。切れ長の目に、基を見下したような冷たい色が浮かんでいる。傍で見るとグラビアモデルかなにかのように印象的な容貌をした人で、綺麗すぎて近づきがたい雰囲気だった。

「あいにくと都筑はパワーランチで外出しておりますが、どういったご用件でしょう?」

感情を押し殺したそっけない物言いに、基は肩身の狭い心地がした。まるで、何をしに来た、と責められているようだ。遠慮がちに合わせた目をきつく睨み据えられ、いかにも煩わしそうに溜息をつかれる。腕時計を見る仕草からも、忙しいんだ、という苛立ちが表れていた。

「あの、すみませんでした」

基は恐縮して答える。

「アポイントも取らず、お手を煩わせてしまって」

「そうですね」

ジーンはつんとしたまま顔を背け、両腕を胸の前で組む。ジーンの態度には、明らかに自分の方が立場が上だという意識が感じられた。少なくとも、基の来訪の目的が個人的な用事だと承知しているのは確かだ。シャツにコットンパンツという出《い》で立ちの基は、欧米人の目にはさぞかし幼く映っているだろう。そもそも、ノーネクタイの男はざっと見渡した範囲にひとりも見当たらない。

「今後、オフィシャルな場に企業のトップをお訪ねになる場合は、いくら個人的にご親密な関係でいらっしゃろうと、あらかじめお約束いただく方がお互いのためかと存じます」

ずばずばと手厳しいことを言われ、基は俯いた。

ジーンの言う通りだ。だが、それにしても、ジーンの口調には棘がありすぎる。基ははっきりと嫌われているのを感じ、傷ついた。今初めて口を利く相手から一方的に敵愾心を剝《む》き出しにされる理由がわからない。基はそういうことに対し、まったく免疫がなかった。

「それで、ご用件は?」

ジーンが話を元に戻す。

基は静かに首を振り、「結構です」とだけ返した。ジーンに頼める伝言などない。

「そうですか」

ジーンもあっさり受ける。

これ以上話すこともなかったので、基は軽く一礼して帰ろうとした。

「ああ、基さん」

受付嬢には水無瀬としか告げなかったはずなのに、ジーンから名前で呼び止められる。都筑から聞いていたのだろうか。ジーンと都筑の関係にビジネス以上の親密さがあるのを感じ取り、基はさらに嫌な予感を募らせた。もしかして、とジーンの美貌を凝視する。

「喧嘩したんですって?」

誰と、という部分を省き、ジーンは皮肉たっぷりの声で聞く。色のついたクリスタルのように綺麗な緑色の瞳には、悪意がちらついて見えた。

なぜジーンからこんな立ち入った質問をされなければいけないのか。

さすがの基もムッとして、唇を噤んだまま、じっとジーンを見返した。幸い、二人の周囲には人気はなく、離れた場所に三々五々たむろしている人々も、こちらに注意を払っている様子はない。話を聞かれる心配はなさそうだ。

「まったくボスも、今回はどういう気まぐれを起こして基さんみたいなタイプを相手にしているんだか」

黙り込んだ基に構うことなく、ジーンは独り言のような語調で続ける。

「たぶん、世間知らずのお坊ちゃまを相手に、たまには焦れったくて初々しい関係に浸りたくなったんでしょうけどね。基本的にクールで、フィジカルな満足感を優先した恋愛をする方だから、すぐに飽きてうまくいかなくなるのも当然なのに」

ちらり、とジーンは基の顔を流し見た。

「どうも申し訳ありません。つい独り言が過ぎました」

くれぐれも気にしないでくださいね、と白々しいことを付け加え、きっと大丈夫ですよ、などといかにも軽々しい言葉で慰められたが、本音はむしろ逆で、気にして傷つけと嘲笑《ちょうしょう》されたとしか思えない。

今ジーンが言ったことが都筑の本心なのだろうか。

ジーンの思う壺《つぼ》に嵌るのは嫌だったが、基は激しく動揺し、混乱した。何をどう信じればいいのかさっぱり判断がつかず、その場に固まってしまい身動《みじろ》ぎすらできなくなる。

「それにしても、昨日は残念でしたね。せっかくわたしもボスのスケジュールを一生懸命に調整し、お二人の休暇が素敵なものになるように協力したんですが、こんな結果になってしまって。

ボスが昨夜こちらに突然ふらりと戻ってこられたときには驚きましたよ。いったい何があったのかと気を揉みました」

基の気も知らず、いや、もしかすると知っていながらさらに傷つけたかったのか、ジーンは喋り続ける。

「ハイヤネスの別荘には以前わたしもよく連れていっていただきましたが、たいそうロマンティックな場所ですよ。ボスは実にスマートにエスコートしてくださいますしね。夕日が海に沈むのを眺めながらバーベキューをしたり、ヨットで沖に出たり。夜は夜で格別情熱的に求められて。基さんにもぜひ経験していただきたかったですね」

ジーンは場所柄も弁《わきま》えぬ発言をして基に生々しい想像をさせ、居たたまれない心地にさせたいようだった。

「どんな理由で喧嘩されたのか知りませんが、ボス、相当苛ついていましたから、簡単には機嫌を直されないんじゃないでしょうかね。普段は本当に優しい方ですが、怒らせると恐い一面をお持ちですしね。基さんがお見えになったことをお伝えしてはおきますけれど、あまり期待されない方がいいかもしれません」

「僕、失礼します」

これ以上はがまんできず、基は逃げるようにその場を後にした。

ジーンの視線が背中に突き刺さっている気がしたが、振り返る勇気はなく、足早に正面のドアから外に出る。

冷房の効いた屋内から、戸外のギラギラした陽光にいきなり晒され、基は眩暈を起こしそうになった。昨夜ほとんど寝ていないので、体が疲弊していた上に、さっきのジーンの思わせぶりな言葉の数々で精神的にも弱り果てていたせいだろう。

あの美貌の秘書は、都筑とそういう関係だったのだ。

基はジンと痺れた頭を右手で支え、絶望に満ちた気分になる。

いや。もしかすると、今でも二人は基の知らないところで関係を続けているのかもしれない。そうでないと言い切る自信はなかった。

だとしたら、きっと都筑は基にすでに愛想を尽かしているに違いない。

知らなかった。

最初から弄ばれていただけだったのだろうか。

今、基にはすべてがあやふやで、何ひとつとして確かなものがない状態になっていた。

覚束ない足取りで来た道を引き返し、なんとか地下鉄に乗ったところまでは覚えている。しかし、その後どうやって部屋まで戻り、ベッドに入って意識を失うような唐突さで眠るに至ったかは、定かでなかった。

ブルックリン・ブリッジを渡った先の、橋のたもとにあるカフェで、都筑《つづき》はひとりカウンターに座っていた。手元にあるオールドファッショングラスの中身はバーボンだ。すでに三杯目が底近くまで減っている。

それを飲み干し、四杯目を頼む。

「荒れていらっしゃいますね」

不意に傍らから声をかけられて、都筑は横目でカウンターに載せられた細い指を見た。

「なんの用だ」

不機嫌さが滲《にじ》み出た低い声で聞く。今は誰が相手でも明るい気持ちにはなれない。せいぜいビジネスの相手に愛想よくするだけで精一杯だ。

「隣、よろしいですか？」

ジーンは都筑の返事を待たず、右隣のスツールに腰かけた。

バーテンが革製のコースターをジーンの前にも置く。ジーンはカナディアンを注文し、あらためて都筑の横顔を見つめてきた。

「昨日から変ですよ、ボス。こんなふうに自棄《じき》になっていらっしゃるところ、初めて拝見しました。わたしでなくても気になります」

「仕事には支障を来《きた》していないはずだ」

都筑は口を開くのも億劫《おっくう》で、ぶっきらぼうに突っぱねた。今夜は誰かと一緒にいたい気分ではない。この店に来たことを後悔する。ビジネスパートナーとしての期間を入れると、ジーンとの付き合いは三年ほどになる。都筑の行動パターンをジーン以上に把握している者はいないだろう。塞《ふさ》ぎ込んだときや虫の居所が悪いとき、都筑はよくこの店のカウンターに座りに来ていた。

都筑にそっけなくあしらわれても、ジーンは気にした様子もない。さらりとした蜂蜜色の髪を軽く指で梳《す》き、蠱惑《こわく》的な微笑を浮かべさえした。

「それはもちろんそうですが」

声には秘書の立場を逸脱した親密さが含まれている。昔、たまに寝ていたときに交わしていたのと同じ雰囲気の遣り取りだ。都筑は目を眇《すが》め、傍らの整った顔をじろっと一瞥《いちべつ》した。どういうつもりなのかは聞くまでもない。

「今夜の俺にもし何か期待しているのなら無駄だ。それを空けたらさっさと帰った方がいい」

「つれないおっしゃりようですね」

ジーンは肩を竦《すく》め、まだ一度も口をつけていないグラスを見下ろす。

「喧嘩《けんか》の原因は、例の熊みたいな男ですか?」

「誰が喧嘩したなどと言った」

「誰も言いませんが、昨日の夜突然オフィスに戻ってこられたときの様子を見れば、誰だってそう思いますよ」

おかしそうに含み笑いしながらジーンは答えた。

都筑もチッと胸中で舌打ちする。

自分でも感情のセーブがまったく利いていなかった自覚はある。基《もとい》を相手にあそこまで激昂《げっこう》するとは、我ながら思いも寄らなかった。もっと辛抱強い人間だと思っていたが、認識をあらためなければいけないようだ。

「なんというか、基さんに本気で惚《ほ》れてらっしゃるんですね……」

ジーンがしみじみと呟《つぶや》く。

都筑には、基のことをジーンと話すつもりはなかったのだが、ジーンの方はこの話題から離れようとしない。都筑は顔を顰《しか》めてむっつりと黙り込んだまま、ときどきグラスを呷《あお》った。

基への不満と不信、そして事態をこんなふうにした自分自身への怒りと反省が、胸中で一緒くたになって都筑を苛《さいな》み続けている。基に本気で惚れている——確かにその通りだ。だからこそ、このままでは終われない気持ちが強くて、暴飲に近いことをしながら今後どうするか悩んでいるのだ。

最も簡単なのは、今夜これからすぐ基の部屋を訪ね、話し合おうと持ちかけることだ。

だが、昨日一度都筑から折れて謝りに行った矢先に、だめ押しするかのごとくまた不快な気分にさせられた屈辱《くつじょく》は、簡単には消えなかった。消えるどころか、一日おいてさらに膨《ふく》らんでいる。

　せめて今度は基から行動して誠意を見せてくれてもいいはずだ。都筑がそう意地になるのは無理のない話ではないだろうか。

　頭の半分では、都筑も西根《にしね》とのことが誤解なのを承知している。ただあの場は怒りに我を忘れて平静な態度でいられなかっただけだった。本気で二人の仲を疑ったわけではない。基の口から一言でいいから都筑を気遣う言葉が出さえすれば、それで都筑はいとも簡単に今回の件を水に流してしまえる。もちろん自分自身も、暴言を吐いたことを心の底から反省していると基に誠心誠意謝って、許しを請うつもりだ。最初の一歩だけでいいから、都筑は基に意志を示して欲しかった。

「ジーン」

　ふと気になって、都筑はジーンに確かめた。

「昼間俺が外出していた間、……電話はなかったか？」

「基さんからですか？」

　ああ、と気まずげに都筑は頷《うなず》く。こんなことをジーンに訊《たず》ねるのはなんとなくきまり悪かったが、もしすでに基が何か行動してくれていて、それを都筑が知らずにいるだけなら、考えをあらためなくてはいけない。そう思い当たったのだ。

秘書として至極有能なジーンが、伝言を忘れるなどということはまずあり得ないと知っているが、万一ということは誰にでもある。都筑は望みをかける気持ちだった。

「いいえ」

ジーンは申し訳なさそうに眉を寄せつつも、はっきりと否定した。

「基さんからお電話はありませんでした」

嘘をついているとは思えない。都筑はじっと探るようにジーンを見据えていた目を逸《そ》らし、底に少しだけ残っていたバーボンを飲み干した。

やはり、期待してはいけなかったらしい。

忸怩《じくじ》とした気分に浸される。

バーテンに向かって空いたグラスを掲げて見せようとすると、すかさずジーンが横合いから都筑の腕を押さえてきた。

「ボス。もうそのへんでおやめになった方が」

綺麗《きれい》な顔をぐっと近寄せてきて、窘《たしな》めるように耳元で囁《ささや》く。

「いくら週末だからといっても、お体に毒です」

都筑は顔を顰めた。人の気も知らず常識的なことを言うジーンが癪《しゃく》だったが、緑の瞳は真摯《しんし》で、都筑のことを心配してくれての忠告であるのは否めない。邪険にするわけにはいかなかった。

「……ボス」

腕を摑《つか》んだジーンの細い指に力が込められる。気のせいか声にも熱が籠《こ》もっているようだ。

「この前わたしが申し上げたことを、覚えていらっしゃいますか？」

「俺が望むなら体だけの関係をやめる必要はないと言っていたあれか？」

都筑が低めた声で聞き返すと、ジーンは返事の代わりに艶《つや》のある眼差《まなざ》しを向けてきた。

「それならさっき、俺に何も期待するなと断ったはずだ」

僅《わず》かも迷うことなく即答した都筑は、ジーンの手を腕から離させた。

「きみの気持ちはありがたく思うべきなのかもしれないが、今の俺は以前のような割り切った付き合いを求めていない」

ジーンが微《かす》かな溜息《ためいき》をつく。期待を外されて失望したような、諦観《ていかん》に満ちた暗い溜息だった。

都筑の胸にちくりと後ろめたさが生じる。やはりジーンは口で言うほど割り切っているわけではなさそうだ。だが、それがわかったところで、都筑に何ができるだろう。

「傷つけたなら、謝る」

「いいえ」

ネクタイの結び目に指をかけながら、ジーンは頑《かたく》なに首を振る。絶対に「遊び」「体だけ」という態度を翻《ひるがえ》そうとしない。少しでも都筑に対して本気の想いがあったと認めることは、自分自身に負けることだとでも思っているようだ。

「ノーならノーで構わないんです。わたしは気にしません。ただ、わたしはあなたが憂鬱《ゆううつ》な顔をして悩んでいる姿を見るのが辛《つら》いので、せめて気晴らしにでもなればと思っただけでした。自分にもフィジカルな欲求があって、それを満たしたいと思ったことも確かなので、純然たるフィフティ・フィフティの提案だと考えていただいてよかったんです。べつに負け惜しみじゃありませんよ」

「そうか」

まだ完全に納得したわけではなかったが、とりあえず都筑はジーンの言葉を額面通りに受け取った。

「ボスは基さんから連絡してくるのを待っていらっしゃるんですか?」

ジーンに話を戻され、都筑は「ああ」と渋々答えた。基のことをジーンと話す心地悪さより、ここで沈黙が続く気まずさの方が、都筑には苦痛だった。

「たぶん俺も相当意地っ張りな気持ちになっているんだろう」

「連絡がなかったら、どうするんですか?」

「さぁな」

そこまではまだ考えていなかったので、都筑は曖昧《あいまい》に流した。

今夜帰宅したら、基から留守番電話に伝言が入っているかもしれない。もしかすると明日の土曜日、仕事が退けてからでも訪ねてきてくれるかもしれない。少しでも可能性があるうちは、連絡がなかったときのことなど考えたくなかった。

会話はそこでふっつりと途絶えた。

都筑ばかりでなく、ジーンも自分の考えに耽《ふけ》っていたらしい。

まだ具体的にこうしようという決意はついていなかったが、四杯目が空いたとき、都筑もそろそろ引き揚げどきだと諦《あきら》めた。

バーテンを呼び、チェックを頼む。

傍らのジーンにちらりと視線をくれる。ジーンは来たときよりもいっそう沈鬱な表情をしていた。何かにひどく葛藤《かっとう》し、迷っているようだ。端麗な横顔には苦悩が浮かんでいた。

「ジーン」

放っておけない気持ちになって、都筑は特に感情を含ませない淡々とした調子で声をかけた。

「帰るなら送ってやるぞ」

はっと我に返ったように、ジーンが俯《うつむ》きがちにしていた顔を上げ、都筑を見る。

「どうした。俺と同じでうわばみのはずのきみが酔ったか?」

「あ、……いえ。ちょっと、ぼんやりしていたようです」

いつもとはまるで違って覇気のない声だ。

都筑はつと眉間《みけん》に皺《しわ》を寄せた。やはりこのまま置いて帰れない。恋愛感情はなくても、かつては肌を合わせていた相手だ。今でももちろん嫌いではない。基は別としても、その他の人間に対するとき以上に深い情を感じる。

「来い」

帰るぞ、と促すと、ジーンは素直にスツールを下りた。

ジーンを助手席に乗せ、彼が借りているアパートメントのあるグラマシーまで送っていく。

車内ではほとんど会話らしい会話は交わさなかった。ジーンはやはりずっと自分の考えに没頭していたようだ。

「着いたぞ」

建物の前に車を停め、都筑が一声かけると、ジーンはうたた寝から覚めたように肩を揺らし、慌ててシートベルトを外した。

「どうもありがとうございました」

「週末、ゆっくり休め。言うまでもないことだが、きみは俺の、仕事上大事なパートナーだ。忘れるな」

都筑の言葉にジーンは軽く息を呑《の》み、街灯の明かりに照らし出された瞳に、嬉しさと困惑を浮かばせた。

「ボス」

ジーンはそこで声を詰まらせた。喉元《のどもと》まで出かけていることがありそうだったが、少し待ってもなかなか口は開かれない。都筑はふっと目元に薄く笑みを刷《は》かせ、「じゃあな」と告げた。

「……すみません」

言いそびれたことがあるのを気がかりそうにしながら、ジーンは車を降りた。

都筑も釈然とせずにもやもやした気分を抱えたまま、アッパー・ウエスト・サイドまで車を走らせた。

ジーンのことも気になるが、それよりももっと基のことで頭がいっぱいだ。

自宅に戻ると、留守録が入っているのを知らせるオレンジ色の点滅が都筑を待っていた。

基だろうか。まず都筑はそう思い、胸をざわつかせた。一言名前を告げているだけだとしても、もし基からなら、今からでも会いに行く。そうであってくれと祈るような気持ちで、ボタンを押した。

『智将《ちしょう》兄さん？　俺、拓真《たくま》だけど』

スピーカーから流れてきた声に、いっきに脱力する。

母方の従弟《いとこ》、笹木《ささき》拓真だ。四つ年下の陽気な男で、フィラデルフィアに住んでいるが、久しく会っていない。しかし、場合が場合だったせいで、声を聞いた途端、懐かしさよりもなんだという失意が込み上げた。

来週出張でニューヨークに行くから食事でもしようよ、という誘いだった。

そんな気分じゃないんだが。屈託のない拓真の声を聞きながら、初め都筑は断ろうと思った。だが、『たまにはリッチな店に連れていって欲しいなぁなんて』と冗談めかして言うのを聞いたとき、不意に都筑の脳裏に悪魔が囁いた。

こうまでも自分を失望させてくれた基に、少し痛みを与えてもいいんじゃないか。中性的でたおやかな容姿と、真っ直《ま》ぐ《す》で純粋な性質に誰しもがほだされ、常に守られてきたのだろう基に、世の中にはそれではすまないこともあるのだと教えてやりたい。都筑の気持ちは決して不変ではない。たまには基からも積極的になる努力をしなければ、これから先うまくやっていけないかもしれないことを、多少傷を深めさせてでもこの際わからせたい。

すでにコールバックするには遅すぎる時間だったが、都筑と同じく独り者の拓真はまだ起きているだろう。一晩経《た》つと決心が鈍る気がして、都筑は非常識を承知で拓真に電話をかけた。

拓真は木曜の夜がフリーだと言う。

「わかった。久々だから、プラザ・マーク・ホテルのレストランを予約しておいてやる」

都筑がそう約束すると、拓真は大袈裟《おおげさ》なくらい感動した声を上げていた。今からで予約ができるのかと訝《いぶか》しがる。それはたぶんどうにかなるだろう。都筑はこう見えても、いつアッパー・イースト・サイドに移ってもいいくらい、そちらの世界に顔が利く。そうしないのは単純に引っ越しが面倒なのと、今のアパートメントがたいそう気に入っているからに過ぎない。

電話を切った後、都筑は木曜の夜のことを想像し、この思い切った行動は基との関係にどう影響するのだろうかと苦い気分で考えた。

まだ時間はある。

明日から五日の間に基から連絡してきてくれたなら、都筑はこんな嫌なことをして基の気持ちを試さずにすむ。なにも、好きで意地悪をするわけではないのだ。今のささくれだった感情さえ納得させられたなら、都筑はすぐにでも基を柔らかく包み込んでやりたい。一晩中睦言《むつごと》を交わし、悦《よろこ》びに泣かせてやりたかった。

基がニューヨークに来て、そろそろひと月になる。蜜のように甘かったのはほんの数日だけだった。現実はこんなものなのだ。結婚直後に離婚するカップルの多さを考えれば、決してこれが自分たちの上にだけ降りかかった不幸でないことは明らかだ。

できることなら苦しめたくないという思いと、このままでは自分の心に凝《しこ》りを残したままになるという相反した気持ちが、都筑を悩ませる。案外意固地な性格なのだ。自分でもわからなかったが、どうやらそうらしい。

都筑は木曜の昼まで待とうと決めた。

本音を晒《さら》せば、明日にでも基に電話してきて欲しいところだ。

しかし、期待した土曜日は一本の電話もなく、日曜日にも別件でしか呼び出し音は鳴らなかった。

日曜の午後、忸怩とした気持ちでホテルのレストランを予約する。知人であるこのホテルの超得意客に頼んで、無理をして個室を取ってもらった。ウエイターまで指名したからには、退くに退けない気分が強まる。予約は知人の名でした。

それから木曜の夕方までの数日間、都筑は苛立《いらだ》ちと後悔と意地とを闘わせながら過ごすはめになった。幸い仕事が忙しかったからなんとか持ち堪《こた》えられたようなものだ。ジーンにも急遽《きゅうきょ》、週明け早々ロスに飛んでもらわなければならない事情ができた。人手が足りなくなった分、毎晩遅くまでオフィスに詰めていたから、ずいぶん精神的に救われた。部屋で電話を気にしなくてはいけない状況を免れたのだ。

結局、基からなんの連絡も受けないまま木曜の夕刻を迎え、都筑は待ち合わせ場所にしたプラザ・マークのロビーで拓真と落ち合った。

都筑と顔を合わせるなり、拓真は開口一番に「すごいホテルだねぇ」と感嘆する。

「こんなところのレストランって、やっぱり野郎二人で行くより美女をエスコートする方が様になるんじゃないの？」

「だったらおまえ女装するか？」

「うわ、勘弁してよ、智将兄さん」

今年二十六の拓真は、基ほどではないにしろ、細身の男だ。欧米人の中に入るとティーンエイジャーと間違われかねない。都筑は四分の一混じっている西洋の血のおかげで、見てくれはかなり欧米人寄りだ。その点、住んでいるのはアメリカでも、国籍も血筋も完全な日本人である拓真とは、従弟同士といえまったく印象が違う。

「心配しなくても、ここの個室は商談や接待での利用がほとんどだ」

「ええっ、個室なの？」

都筑は驚いている拓真を連れ、メイン・ダイニングへと向かった。

場所が場所だけに、拓真は普段よりも緊張している。ビジネススーツではなくディナー用にコーディネートしたおしゃれなスーツ姿で来てくれたので、男二人でもプライベートな会食をする雰囲気だ。都筑をゲイだと承知している人が見れば、まさしくデートだと思うだろう。

「いらっしゃいませ、都筑さま。ウィルソンさまからお伺いしてお待ちいたしておりました。いつもご利用ありがとうございます」

入り口でさっそくマネージャーの出迎えを受けた。

マネージャーの傍らには、燕尾服《えんびふく》を着た基が控えている。

都筑は畏《かしこ》まって頭を下げたままの基の全身に、冷たい視線を投げかけた。

顔を伏せていても、都筑には基がひどく動揺しているのがわかった。長い睫毛《まつげ》が心許なげに瞬《またた》く。顔色もいつにも増して青白い。個室の給仕係に指名されたことは予約の時点で聞かされていたはずだが、実際にテーブルに着くのが都筑とその連れだということは、おそらく今朝になって知ったのだろう。舞台演出家として著名な知人、マシュウ・ウィルソンに、そうしてくれと頼んだのは他ならぬ都筑だ。

「こちらが本日テーブルを担当させていただきます、水無瀬《みなせ》です」

「よろしくお願いいたします。なんでもお気軽にお申し付けくださいませ」

マネージャーに続けて基が都筑と拓真に挨拶《あいさつ》する。仕事だ、というプロ意識が個人的な感情を抑えさせたのか、声音はしっかりしている。視線を合わせたとき、黒い瞳が苦しそうに揺れたように見えたが、顔全体に浮かんだ上品な微笑に都筑がどきりとして目を奪われている隙《すき》に、それは綺麗さっぱり消えていた。基は都筑の斜め後ろにいた拓真にも深々と一礼した。拓真を見たとき、またちょっと笑顔を曇らせ、微かに戸惑いを示す。それが早くも都筑の魂胆に気づいたからなのか、それとも他に理由があったからなのかは、一瞬のことすぎて判断がつかなかった。

何も与《あずか》り知らないマネージャーと拓真は、都筑と基の間に生じたひそやかな緊迫感に気づいた様子もない。

「先にバーでアペリティフをいかがでしょうか？　それともすぐお席にご案内いたしますか？」

「テーブルに着かせてもらおう。連れはあまりアルコールに強くないんだ」

「畏まりました」

恭《うやうや》しくお辞儀したマネージャーは、後を基に委《ゆだ》ねて引き下がる。

「こちらでございます。段差がございますのでお足元にお気を付けください」

細い背中に導かれ、都筑はすでに何度も来て馴染《なじ》んでいるはずのレストランフロア内に、軽く緊張しながら足を踏み入れた。

すっきりと背筋の伸びた基の背中も強張《こわば》っている。都筑にはそれが自分のことのようにはっきりとわかった。

すでに基は傷ついている。必死に堪えようとしているのが、張り詰めさせた肩や背から窺《うかが》い知れる。基がここで働きだしてから都筑がこの店に来るのを控えていたのは、客と従業員の立場で基に会うのが面映ゆかったからだ。基もやりにくいのではないかと思い、気を遣った。少しでも多く会いたいのはやまやまだったが、基を困らせないようにしようと気持ちをセーブしていたのだ。基にもその心は伝わっていたはずである。今までそうして配慮してきた都筑が、今夜わざわざ他の男を連れてここに来たということは、関係を清算しようと突きつけているようなものだ。当然基はそう受け止めているだろう。

なにも好きこのんで基に辛く当たりたいわけではない。気持ちが薄れているのなら、逆にこんなふうにはしないだろう。都筑自身、恐ろしく心地悪くて憂鬱な気分でいるのだ。ただ、意地が消えない。このままではすんなり基に優しい声がかけてやれない。

一言でいいから妬《や》いてくれ。

都筑は真剣にそれを望んでいた。こんなことを思いついた最初の意地悪な気持ちは、基と向き合った瞬間にまた萎《な》えた。一言でいいのだ。先週の行き違いについてはもう弁解も謝罪も必要ないから、その代わり、まだ気持ちは変わっていないと言って欲しい。ずっとなんの連絡もくれなかったのは、都筑が嫌いになったからではなく、どうすればいいのかわからなくて悩んでいたからだと、はっきり言葉にしてもらいたかった。

基がそうして自分から歩み寄ってきてくれたなら、都筑も意地を捨てて素直になれる。もちろん俺の気持ちも変わらないと告げ、拓真を従弟だと紹介して安心させてやれる。

つくづく勝手だと自分でも思うのだが、今回だけは都筑も我を通さなければ気がすまない心境になっていた。でなければ気持ちが納得しそうにないのだ。

四人座れるテーブル席が据えられた個室に案内される。

真っ白いクロスがかけられたテーブル上には、都筑が好むウエッジウッド社製のテーブルウェアとカトラリー類がセッティングされており、中央にピンクと黄色を基調にした可愛らしい花が半円形に低く生けてある。

基はすっかり板に付いた仕草で椅子《いす》を引き、都筑と拓真が着席するのを助けた。二人が椅子に落ち着くと、見惚《みと》れるような美貌に感じのよい笑顔を湛《たた》えさせ、優雅な手つきでメニューを差し出す。少しの淀《よど》みもないサービスで、都筑は不覚にも私情を忘れて感嘆した。職業的な完璧さが純粋に都筑を感心させたのだ。新宿《しんじゅく》のホテルで初めて会ったときにも、優秀なホテルマンだとは思ったのだが、今よりはまだもう少しぎこちなさが残っていた気がする。仕事に対する自信と誇りを増したような、出しゃばりすぎない自負を感じる。サービスを受ける側が安心して任せていられる堂々とした印象が強くなっているのだ。

がんばったんだな、と都筑は素直に認めた。基が仕事を理由にデートを断ろうとしたときには、つい怒りを先に立たせてしまったが、あらためて本人の成長ぶりを目の当《ま》たりにすると、いかに真剣に打ち込んでいたのかが察せられる。都筑は複雑な気持ちになった。会いたい気持ちを無下にされた腹立ちが払拭《ふっしょく》されたわけではないが、これだけ立派になっていると知って、自分のことのように嬉しく、誇らしいのも事実だ。

「すっごい綺麗なボーイさんだなぁ」

基がオーダーを取って部屋から出ていったとき、拓真が惚れ惚れしたように呟き、ニヤニヤと意味ありげな目つきで都筑を見た。

「智将兄さん、彼に気があるの？」

「いきなりなんだ」

図星を指された都筑はわざと不機嫌な顔をした。自分がゲイだということは、両親はもちろん、親類関係にも特に隠し立てしていないのだが、面と向かって聞かれると返事に窮する。拓真にはまったくからかう気などないと承知していても、当て馬に利用している負い目があってあっさり認められなかった。もっとも、正直に打ち明けたところでこの気のいい従弟は文句など言わず、むしろ進んで協力してくれただろう。

都筑が知らん顔してうやむやにしてしまおうとしても、拓真は興味が勝るようで話を逸らさせなかった。

「いいじゃないか、俺と兄さんの仲なんだから。さっきから彼のことばかり見てるだろ。彼も見られてることを意識してたね」

「可愛いなと思って見ていただけだ」

仕方なく都筑は一部だけ正直に答える。

「じゃあ誘えば？　若く見えるけどティーンエイジャーじゃないだろ。今夜ご馳走《ちそう》してもらうお礼に、俺にできることがあれば協力するよ」

「だったら、おまえ、俺の恋人の振りをしろ」

「はあ？」

逆じゃないの、と拓真が目を瞠《みは》って首を傾《かし》げる。

「喧嘩してるんだ」

ぼそりと都筑は白状した。いっそのこと拓真にも態度を合わせてもらった方が手っ取り早いと考え直したのだ。

拓真はさらに驚いた顔をする。なんだ、本当はもう付き合っているんじゃないか、と少々鼻白んだようだ。

いいな、と眼光で念を押したとき、太った中年のソムリエが入ってきた。話はいったん中断された形になったが、ワインを選び終えて再び二人きりになったとき、拓真は「オーケー」と妙に間延びした声で言い、ひょいと肩を竦めてみせた。

「なんだか知らないけど、思い詰めた顔してる兄さんを見てるのも嫌だし……。ね、智将さん」

こんな感じでいいんだろ、とばかりに拓真が片目を瞑《つむ》りながら都筑を「さん」づけで呼ぶ。

思い詰めた顔をしている自覚はなかったが、昔から都筑を知っている拓真の目にはそう映っているらしい。

最初の一皿であるアミューズ・ブーシュが運ばれてきた。

基と一緒に、やはり若手の黒人ウエイターが入ってきて、二人に同時にサービスする。滑るような動きでタイミングを合わせて皿を出す様は、見ていても気持ちがいい。プロフェッショナルだな、と感心する。普段ならますます基に惚れ込むはずのところだが、あいにく今の都筑には、その完璧さがかえって不愉快だった。都筑はむしろ基を動揺させるのが目的で今夜ここに来たのだ。

もう少しぎこちなくてもいいのではないか。指が微かに震えるとか、皿を置くときによけいな物音を立てるとか、足取りがふらつくとか、何か心中の不安定さを示す徴候が出てもおかしくないはずだ。都筑のことが気になるなら、それは当然ではなかろうか。

料理もワインも雰囲気も申し分ないのだが、皿が進むにつれて都筑は鬱々とした気分になっていた。

出迎えの際に覗《のぞ》かせた狼狽《うろた》えた表情もすっかりなりを潜め、基の白い顔に表れているのは、穏やかで優しげな、いかにも職業的な微笑《ほほえ》みだけだ。無理をして平静を装っていると感じさせることすらない自然な笑顔だった。

都筑の焦りは次第に大きくなっていった。

もしかすると基は、都筑のことをすでに諦めているのだろうか。もしくは、嫌いになってしまって、最後をきちんとする必要さえ感じずにひとりで勝手にけりをつけたのか。感情を隠すのが決して得意とも思えない基の平静さに、都筑は完全に当てを外された。

土曜日からの六日間、悩んで苛ついていたのは都筑だけだったのかと思うと、なんともいい知れない虚《むな》しさが腹の底から滲み出てくる。自棄酒を飲んだり、寝つかれない夜を過ごした自分がとんだ間抜けのようだ。都筑の存在は、基にとってこんなふうにいとも簡単に忘れてしまえる程度のものだったのだと思い知らされた気分になる。プライドが傷つく。落ち着き払ってそつのない基の態度を見る限り、そんなふうにしか考えられない。

デザートが二皿出された後、気を利かせた拓真が、皿を下げに来た基と入れ違いで化粧室に立った。

ようやく基と二人きりになる。

しんと静まりかえった室内に重苦しい空気が充満した。

基が都筑の横に立ち、「お下げいたします」と低めた声で言い、デザートの皿を下げる。

都筑はきつく唇を噤《つぐ》んだまま、基の細くて白い指を見ていた。指に震えは見られない。基は危なげなさなど微塵《みじん》も感じさせない手つきで、使用済みのカトラリー類を皿の上で揃え、向かいに回って拓真の皿も片づけ始める。

テーブルを綺麗にしたら基はそのままいったん出ていく。次にコーヒーを持ってくるときには拓真も戻っているだろう。

話をするなら今しかない。

都筑は膝《ひざ》に広げたナプキンの上で決意を固めるように拳を握ると、溜《た》まりに溜まっていた鬱憤《うっぷん》を晴らすように、きわめて冷酷な声で基に呼びかけた。

「きみ」

ガシャン、と皿の上でカトラリー類が音をさせる。唐突な呼びかけに不意を衝《つ》かれ、驚いて指を滑らせたようだ。客がウエイターに話しかけているのだ、という立場をはっきりさせた他人行儀の言葉も、基の胸を抉《えぐ》ったことだろう。一瞬、基の表情が崩れ、今にも泣きそうなくらい情けなくなりかけた。どうしても笑顔を保てなくなり、素顔を覗かせてしまったという感じだ。

やはり平静な態度は虚勢だったのだ。都筑は心のどこかで安堵《あんど》した。

それでも基は、次の瞬間にはなんとか踏み止まり、痛々しさを残しながらも柔らかで穏やかな表情に戻る。たいした精神力だ。今まで知らなかった基の強い一面を見せられた心地だった。

なんでもないときならば褒めてやりたいところだが、今はそんな状況ではない。

都筑は少しも思惑通りに運ばない事態に焦れ、強情な、と心の中で忌々《いまいま》しく舌打ちした。基が見かけとは裏腹にどれほど衝撃を受けたのかなど想像もせず、どこまで平気な顔をしていられるのか試してやる、という残酷な気分に支配された。

「今夜これから部屋を頼めるか？」

基の黒い瞳がたちまち愁いを帯びる。先ほどまではかろうじて潑剌《はつらつ》とした明るい印象を与えていた表情も、翳《かげ》ってしまう。

さすがにこの言葉はショックだったようだ。

みるみる色を失っていく顔に、都筑の良心がずきりと痛んだ。

もうやめろ、と頭の片隅で意地悪な心の暴走を止めようとする声が聞こえる。やはりいい、と発言を翻そうとした矢先、基の口から「はい」という頑なにも感じられる一言が返された。まだ意地を張るつもりか。都筑の胸にどす黒いものが渦巻く。制御しきれない感情は、一刻一刻くるくると変わっていき、ひとつの気持ちにまとまる気配もなかった。

ムッとした都筑は前言を撤回するどころか、さらに追い打ちをかけた。

「ダブルの部屋をひとつだ」

きゅっと基が薄めの唇をひと嚙《か》みし、青ざめた顔を都筑から背けるようにして、答える。

「畏まりました。フロントに聞いてまいります。少々お待ちくださいませ」

声はしっかりしていた。指も顎《あご》も震えていない。

食器を持って歩き去る歩調にも乱れはまったく認められず、さっき見せた辛そうな表情が嘘の

ように、基は落ち着きを取り戻していた。堪えた様子は窺えない。立ち直りの早さが、逆に都筑を消沈させただけだ。

ここまでしたのに、結局なんの意味もなかったのか。

都筑はひとりになった途端、がっくりとして、膝のナプキンを摑むとテーブルに叩《たた》きつけた。

後味の悪さだけがじわじわと都筑を苛む。

悔しさと同時に虚しさが込み上げてくる。基はろくに狼狽えもしなかった。ただ、僅かに表情を変えただけだ。まさか、これほど打たれ強くて強情な面があったとは思いもかけない。それとも、もう都筑は基にとって過去の男で、ほんの五日か六日音信不通になっていた間に、他の男と付き合うようになったから、何を言われても平然としていられたのだろうか。

まさか。

いったんは否定したものの、すぐさま都筑は弱気になった。実は、自分は基のことなどほとんど何も知らないのではないか……そんな疑問が今になって頭を擡《もた》げてきたのだ。日本に行って、あっという間に恋に落ち、互いのいいところだけしか見ないうちに東京とニューヨークという超遠距離恋愛になってしまった。

本当の基は都筑が思っているような、単に世間知らずのお坊っちゃんではないのかもしれない。たぶん、頭に血が上りすぎて、どうかしていたのだろう。信じるよりも疑うことにばかり気持ちが向いて、どんどん悪い方向に考えが集中していく。しかも、そのことに都筑はすでに気づけなくなっていた。落ち着いて考えれば絶対に抱かなかっただろう疑惑を、次から次へと増幅させたのだ。

席を外していた拓真が、黒人のウエイターに案内されて戻ってきた。ウエイターは拓真のために椅子を引き、一礼して出ていく。

「どう、うまく仲直りできた？」

拓真がのんきに聞く。興味津々《しんしん》で、冷やかし半分という感じだ。

しかし、答える気になれずにむっつりと黙りこくっている都筑の不機嫌面《づら》を見た途端、これはまずい、と悟ったようで、自分もおとなしく口を噤んだ。居心地悪そうにそわそわとする。せっかく食事に連れてきた拓真にも悪いことをしていると思いながら、都筑は鬱屈《うっくつ》とした気分を変えられなかった。

しばらくして、基ではなくさっきのウエイターが、食後のコーヒーを持ってくる。

「都筑さま、お部屋の方はお取りできたそうでございます」

「なぜ彼が直接報《しら》せに来ない？」

都筑の語調はつい険しくなった。

「申し訳ございません。水無瀬はただいままいります」

ウエイターは都筑の剣幕にも動じず丁重に詫《わ》びると、しばらくお待ちくださいと言い置いて立ち去った。

「部屋って、いったいなんのこと――あ、あれっ、ちょっと、智将兄さん!」

どこ行くんだよ、という拓真を無視して都筑も部屋を出る。

通路の先の曲がり角に別のウエイターが立っていた。都筑を見ると「お化粧室でございますか?」とにこやかに訊ねる。案内しようとする彼を、「わかっている」の一言で断わり、大股で先へ進んだ。

化粧室に行く途中に、配膳室へ続く短い通路があることを知っていた。近くに行けば基の姿があるのではと思い、都筑はじっとしていられず出てきたのだ。

今夜このまま終わらせれば、ますます拗《こじ》れる。さっきはちょっとやりすぎた。どうしても今すぐに話がしたい。都筑はあらためて話し合いの必要性を強く感じていた。

基がコーヒーを運んでこなかったということは、やはり出ていったときの態度は見かけだけだったのではないか。それどころか、仕事も続けられなくなるほど傷ついたのかもしれない。都筑と顔を合わせることもできなくなっている基を想像すると、さすがの都筑も慌てた。自分からしかけておきながら、いったい何をやっているのか。他人からすると呆《あき》れるばかりだろう。都筑自身、自嘲《じちょう》するしかない。

配膳室前の通路には誰もいない。客が入り込んでいい場所でないのを承知で、都筑は中が見えるところまで歩いていった。スイングタイプの両開き扉の上部部分に、強化プラスチック製の大きな丸い覗き窓がある。そこから配膳室内が見渡せた。配膳室の向こう側が厨房《ちゅうぼう》だ。

室内にはたまたまひとりの姿しかなかった。

こちらに背中を向けているが、燕尾服を着こなした後ろ姿は、紛れもなく基のものだ。

誰にも見られていないと信じているせいか、基はカウンターの隅で項垂《うなだ》れていた。じっと目を凝《こ》らしていると、肩が小刻みに揺れているようだ。

思わず都筑は扉を押して中に入りたい衝動に駆られた。

まさにそのとき、基がはっとした様子でいきなり顔を上げたので、都筑もギクリとして伸ばしかけた腕を下ろす。どうやら厨房から呼ばれたらしい。カウンターの向こうから、パティシエと思《おぼ》しき女性が、可愛らしいプティフールの載った細長い皿を基に寄越す。

都筑は急いでその場を離れた。

このままでは鉢合わせして気まずい思いをする。泣いていたのかもしれない基と今この場で顔を合わせるのは躊躇《ためら》われた。打ち拉《ひし》がれた後ろ姿が目に焼きついている。基はやはり全然平気なのではなかったのだ。努力して堪え、そんな振りをしていたに過ぎなかったのである。職場の隅であんな姿を取ってしまうほど傷心させたのは都筑だ。できることならこの場で詫びて抱き締めたい。しかし、あんなところを都筑に見られたとわかれば、基はもっと居たたまれない心地になるのではないか。そんな憂慮が湧《わ》き、都筑はあえてこの場は退くことにした。

マネージャーに基の勤務が何時までか聞き、外で待とう。

もちろん予約してもらった部屋はキャンセルする。

ここは何より基を優先しなければ、と都筑は考えた。

今夜のことは全部謝ろう。ずっと怒っていたことも不満に感じていたことも、この際一緒くたにして水に流していい。二人きりで、一晩中かけてでも話し合う必要があった。

基がプティフールの皿を運んでくる前にテーブルに着いておきたかったので、都筑は急いで通路を引き返した。

都筑が角を曲がった直後、配膳室の方で皿の割れる微かな音がした。

なんだ今の物音は、と妙な胸騒ぎを覚える。だが、足を止めて踵《きびす》を返す前に、個室の傍《そば》の通路にいた黒人ウエイターと目が合ってしまった。どうやら彼の耳には異変は聞き取れなかった模様だ。都筑を見た彼は、笑顔で都筑が部屋の前まで来るのを待っている。

気にはなったが、皿が割れることくらいレストランではそうそう珍しいことでもない。わざわざ客である都筑が気にして口にすることでもなかった。

「それで、どうなったわけ?」

戻ってきた都筑が椅子に座るなり、コーヒーを飲んでいた拓真が、唇を尖《とが》らせて不満げにしながらも成り行きを気にする。

「芳《かんば》しくない」

都筑は正直に、端的に答えた。

「……今のところは」

負けを認めたくない気持ちがそう付け加えさせる。

やれやれ、と拓真は肩を竦めた。

じきに基がプティフールの皿を持って入ってくるだろう。都筑は当然そう思い、どんな顔を基に向ければいいのだろうとこっそり悩んでいたのだが、やって来たのはやはり黒人ウエイターの方だった。

基はどうしたんだ、と都筑は眉を寄せた。

都筑の問うような視線に気づいたウエイターが申し訳なさそうに謝る。

「水無瀬がちょっと今取り込んでおりまして。後でマネージャーがお詫びに伺います。大変申し訳ございません」

まさか、怪我《けが》でもしたのだろうか。

都筑は心配でじっとしていられない気分になった。

「何かあったのか？」

ウエイターを問い詰める。彼は都筑の語調に気圧《けお》されながらも、いいえと首を振った。

「軽い貧血を起こしただけです。ご心配はいりません」

それではさっき、基は倒れて皿を落としたのだ。

拓真もほとんど関係ないながら、心配そうな顔をしていた。

コーヒーもそこそこに、都筑はチェックを済ませて部屋を出た。

マネージャーが恐縮して頭を下げに来る。

「彼、もう帰らせたのか？」

この際なりふり構わず、都筑は基の容態をマネージャーに単刀直入に聞いた。

「いえ、医務室で休ませております。スタッフがひとりついておりますし、本当にごく軽い貧血だそうですから、ご心配していただくほどではございません」

今夜はもう引き揚げさせるようにしている、とマネージャーは言った。それでなんとか都筑も安堵する。

「拓真」

レストランを出たところで声をかけると、拓真は心得た顔つきで都筑の言葉を待たずに先に答えた。

「オッケー、俺はここで帰るよ、智将兄さん」

言わずとも、都筑が基を待って、送って帰るつもりでいるのを承知ずみだったようだ。

都筑は目で礼を言った。

「今度またどこかで埋め合わせしてやる。今夜は巻き込んで悪かったな」

「なに言ってんの。俺はここのレストランでディナーを食べさせてもらえただけで十分満足だったよ」

「それならいいが」

「あんな綺麗な人を見られて目の保養にもなったし」

「気をつけて帰れよ」

ニヤリとしながら言い添えられた軽口をさらりと流し、都筑は拓真を正面玄関まで見送った。

ひとりになった途端に身が引き締まる。

ここからが今晩の正念場だ。

都筑は、これ以上の間違いはしないと、自分の理性を信じていた。

医務室のドアがノックと同時に開いた。

「基！　もう起きていいのか？」

「恭平《きょうへい》さん」

どうしてここに、とベッドの脇に立ってシャツのボタンを留めていた基は瞳を見開いた。

「倒れたって聞いて驚いたぞ」

取るものも取りあえず駆けつけた様子の西根は、顔を強張らせたまま基の前に歩み寄る。

「心配かけてごめんなさい」

基は西根の大きな全身から発されている怒りのオーラに圧されて、思わず一歩後退《あとずさ》りそうになった。

「都筑が男を連れてレストランに来たそうだな？」

西根の怒りの矛先は、基にではなく都筑に向けたものだということが、吐き捨てるような口調からわかる。西根は相当憤慨していた。普段のどっしり構えた穏やかさをかなぐり捨て、これから都筑を殴りに行こうかというくらい怒っている。

「あいつ……！　当てつけやがって！」

そっぽを向いて苦々しげに都筑を罵《ののし》り、気を取り直して基の顔を覗き込む。

基を見る目は柔らかで優しく、慈しみに満ちていた。

「マイケルから連絡をもらって来たんだ。事情はだいたい聞いた。ここのところずっときみの顔色がよくなくて、マイケルも気になっていたそうだ。もしかして、あんまり寝てなかったのか？」

寝ようとしても眠れなかったのだ。基は口には出さず苦しげに目を伏せた。言えばよけい西根を心配させる気がする。

はっきりと答えなくても、西根は納得したように頷いた。

「なぁ、基」

言っていいものか悪いものか迷う目をしながら続ける。

「あの男はきみには荷が勝ちすぎるんじゃないのか？」

とうとう言われた。基は錐《きり》で心臓を貫かれた心地がして、全身を硬く緊張させ息を呑む。いつか西根の口から、都筑と交際するのを考え直せと忠告されるのではないかと感じ、心中で恐々《きょうきょう》としていた。

好きな人のことを否定されるのは辛い。だが、ニューヨークでの二人の関係は誰が見てもうまくいっているとは言いにくく、たぶん、今の状況を兄に話せば、兄も同じ結論に達すると思われた。基自身が揺らぎ、進退を悩んでいる最中に身近な人々から反対されれば、基はたちまち弱く崩れてしまいかねない。それが怖くて、この六日間、誰にも何も相談しなかった。眠れなくても食べられなくても、ひとりで悶々《もんもん》としている方がまだ結論を先延ばしでき、僅かな希望に縋《すが》りついていられたのだ。

そもそも、基はジーンの言葉にとてつもなく打ち拉がれていた。

聞きたくなかった。知りたくなかった。

今までは都筑の過去を気にしたことなどなかったのだが、具体的に存在を知り、どんなふうにデートしていたのかまで語られれば、とうてい平静ではいられない。その上、基はこれまで都筑が付き合ってきたタイプとは違うとまで言われたのだ。ただでさえ関係が拗れているときに、あの言葉はショックだった。顔はとても綺麗だが、態度は刺々《とげとげ》しく、敵意にも近い感情を露《あら》わにしたジーンに、まるで都筑の気まぐれに付き合わされているかわいそうな男、というような哀れみを込めた視線を浴びせられたのだ。あの目は明らかに基を嘲笑《ちょうしょう》していた。都筑にとっては所詮ただの遊び相手なのに、何も知らずおめでたい。とっとと諦めて日本に帰ればいい——まさにそんなことが言いたげな目つきだった。余裕に溢《あふ》れた態度からは、ともすれば今でも都筑との関係が続いており、結局都筑は自分のところに戻ってくるのだという自信すら感じ取れた。

オフィスでジーンと対したときのことを思い出すと、基は吐き気が込み上げるほど気分が悪くなる。実際、そのために何度か戻しもした。眠ろうとしても眠れない真夜中、胃が迫《せ》り上がるような強烈な吐き気を催《もよお》してトイレに行っても、ろくに食べていないために吐き出すものがなく苦しんだ記憶も生々しい。

西根から遠回しに都筑を忘れろと言われると、基は何も返せなかった。きっとそう言うに違いないと、基にもわかっていたからだ。今の自分が幸せかと聞かれたら、悔しいが、はいと即答できない。かといって、すんなり忠告に耳を貸して、都筑を忘れられそうにもない。基にはどうしたらいいのかさっぱりわからず、泣きたいほど混乱していた。毎日仕事だけが心の支えになっていたのである。

その仕事場にまで都筑が不意に訪れたとき、正直基は、ああもう本当にだめなのかな、と思って胸が裂けそうなくらい悲しくなった。

都筑はわざわざ基をサービス係に指名しておいて、元気で快活そうな年下の男と一緒に来たのだ。

もうおまえはいらない、とはっきり宣言されたようだった。

当てつけやがって、と西根が怒っていたが、確かにあれは当てつけ以外の何ものでもなかったと基も思う。

ジーンとも基ともタイプの違う男が、都筑の新しい相手なのだ。

あれを見ると、まんざらジーンの言葉が嘘だとも否定しきれなくなる。基と付き合ってくれたのは、単に毛色が違っていて珍しかったからというだけの理由からだったとしか思えない。基は都筑にとって単なる一過性の相手に過ぎなかったようだ。付き合っていたときの真摯で誠実な態度からして遊びだったとまでは考えたくないが、ずっと長く一緒にいる気はなかったのかもしれない。以前、恋人はいないと言っていたが、いないというより作らない主義なのではないかという気がする。結局、都筑は誰にも本気にならない男なのだろう。

今頃、都筑は彼と二人で上の階の客室に入っているはずだ。

ツキリ、とまた胸が痛む。

「送っていくから、帰ろう、基」

西根に肩を揺すられて、基ははっとした。

乱れ落ちてきた前髪を額から払いのけ、コクリと頷く。今夜はもう帰れとマネージャーにも言われている。確かにこれ以上無理をして働いても、他に迷惑がかかるばかりだ。チューターのジョージも、厳しい顔で、体調を整えてから来いと基を突き放した。基にはぶっきらぼうなジョージの言葉がずいぶん救いになった。優しく気にかけられるばかりでは、申し訳なさと不甲斐《ふがい》ない自分への情けなさで、とうてい素直に引き下がれなかっただろう。そのあたり、基も結構頑固な一面がある。

起きたらすぐ着替えて帰れるようにと、マイケルが気を利かせてロッカーから私物を持ってきてくれていた。基は西根が駆け込んでくる直前シャツを羽織《はお》り、ボタンを留めていたところだった。身支度を整えると、西根について医務室を出た。ホームドクターは休憩中で不在だ。あらためて挨拶に来ることにする。制服の燕尾服はクリーニングに出してもらうため、途中でリネン室に寄って従業員用のランドリーボックスに入れておく。

実は、レストランの研修は明日で最後のはずだった。

そのためもあって、マネージャーは基に来た特別客からの指名を、最後の仕上げにうってつけだと考え、快諾したようだ。若手の中では最も中堅クラスに近いマイケルを補助に付け、これまでの成果を示すつもりでやってみてくれと励まされた。基も十分に気を引き締め、一生懸命やるつもりだったのだが、まさかこんな惨めなことになるとは想像もしなかった。

何もかもが基を落ち込ませる。

恋も仕事も後悔を残さないようにしたいと思い、精一杯の努力をするつもりでニューヨークに来た。だが、現時点ではどちらも満足のいく結果になりそうもない。兄に「がんばりましたよ」と胸を張って報告できそうになく、心苦しかった。

「基」

つい黙り込んでしまう基に、横を歩く西根が困ったように苦笑いする。

スタッフオンリーの廊下は他に人影もなく静かだ。二人の靴音だけが妙に大きく響いていた。

「あいつのこと、こんなふうにされてもまだ好きなのか？」

「……はい」

躊躇いながらも基はしっかりした声で答えた。

顔を横向け、西根がじっと基を見据える。

「ごめんなさい。僕、わがままで」

こんなに西根を心配させているのに、どうしても都筑を諦められない自分の強情さが申し訳なくて、基は謝った。

「あのなぁ、基ちゃん！」

西根は堪《たま》りかねたような唸《うな》り声を出し、唐突に立ち止まる。ちょうど通用口の手前まで来ていた。クリーム色に塗られた鉄製の扉は閉まっている。西根はやおら基の肩に逞《たくま》しい腕を回してくると、ぐいっと強く自分の方に引き寄せた。基はよろけて躓《つまず》きそうになり、西根の分厚く硬い胸板に額をぶつけてしまった。

「頼むからそんなふうに俺をせつなくさせないでくれ」

まんざら冗談でもなさそうに言い、肩から下ろした腕で強く腰を抱いてくる。間近から基を見つめる瞳には困惑と憐憫《れんびん》が窺えた。

「そっちの事情に立ち入ってお節介を焼くのも、ちょっと出しゃばりすぎだろうと遠慮してきたが、俺はもう黙って見ていられないぞ。いったい何がどうなっているんだ？」

「僕にも、よくわかりません」

それがまさしく基の本音だった。

なんとなくしっくりいかなくなったと感じ始めたのは、ハイヤネスにドライブする話が出るよりもっと前からだ。基にはその原因が思い当たらない。都筑が妙に苛ついているのは察していたが、なぜなのかと当惑するばかりで、どうすれば日本で会っていたときのように穏やかで心地よい接し方が再びできるのか、答えが見つからなかった。何がそんなに違うから以前と同じになれないのかと悩むばかりだったのだ。

先週末、都筑に会うつもりが会えず、代わりにジーンと話をして、ようやく基が考えついたのは、三ヶ月離ればなれだった間に都筑側の事情と気持ちが変わったのかもしれない、という、かなり手痛い可能性だった。落ち込んだ。もしかすると、生まれてきてから初めて味わわされた、大きな絶望だったかもしれない。あんなふうに、食事も睡眠も体が受けつけなくなったことは過去になかった。

反芻《はんすう》していると目頭《めがしら》が熱くなってきた。

いい歳をした男がみっともない。自覚していたが、感情が高ぶっているため、どうにも抑えが利かない。

「初めてなんです。誰かを好きになれたのは本当にこれが初めてで。きっと僕が未熟すぎて、してはいけないことも、しなくてはいけないこともわかってなさすぎたから、智将さんもうんざりしたんじゃないかと思います」

「そんなばかなことがあるものか！」

西根は強い口調で断固として否定する。

「もしそれが事実なら、そいつは最初からきみのことを好きじゃなかったんだろう。酷《こく》な言い方だが、遊ばれたんだと思った方がいい」

「わかってます。でも僕はまだそう考えたくない。智将さんが好きなんです」

言葉にした途端、自分の気持ちをあらためて確信し、せつなさから必死に堰《せ》き止めていた涙の粒が目尻に浮き出てきた。

「ば、ばか！　こら！」

泣くな、と西根が慌てて基の頭を胸に包み込む。

涙など見せた恥ずかしさと、なんでもいいからこの場は縋りつくものが欲しかった気持ちから、基は西根の頑丈な胸板に顔を埋めて抱きついた。

西根にぎゅっと抱き締められ、背中を撫《な》でさすられる。

「基。……基、なぁ、今夜一緒にいてやろうか？」

邪心や下心などまったく匂わせない、純粋な庇護《ひご》心から出たと思しき西根の言葉ではあったが、基は顔を伏せたまま微かに首を振った。

その様子が西根には無理をしているように映ったようだ。

さらに腕に力が籠もり、息苦しいくらいに抱かれた。

「だめだ。今夜は絶対傍にいる。とてもじゃないが離れられない」

西根がきっぱりした声で言いながら、基の腰を右脇に抱いたまま目の前の扉を押し開ける。

一歩外に出るや、二人の前に立ちはだかる長身とぶつかりそうになった。

「都筑！」

「なんのつもりだ、これは」

西根と都筑の声がだぶる。

基はその場に石のように固まった。

なぜ、なぜ、毎度こうなるのか。誰かが二人を徹底的に仲違《なかたが》いさせようと仕組んでいるのではないかと勘繰りたくなるほど、いつもいつも間の悪いことが起きる。

基は都筑の強い視線に射竦められ、恐ろしさに顔の筋ひとつ動かせなくなって固まった。

もう嫌だ、と心の底から叫びたくなる。

こんなことばかりが続けば、優しい都筑の記憶がなくなってしまいそうだ。溶けるほど甘い言葉を囁いて一晩中抱き締められたことも、春に危ない目に遭いかけたときすぐさま助けに来てくれたことも、家の桜の下で抱き合って気持ちを確かめ合ったことも——嬉しかったことや楽しかったことのすべてが掻《か》き消えてしまいそうで、堪えられない。

「なんであんたがここにいるんだ。ここは従業員用の出入り口だぞ」

「そんなことはどうだっていい！」

都筑は冷ややかに言い放った。明らかに激昂している。眉がピクピクと引きつり、瞳は燃えるように怒っていた。

「今、なんと言った、西根？　今夜は絶対に傍にいる、と聞こえたがどういう意味だ？」

「知るか！　そこをどけ」

「やめて。お願い、やめてください」

互いに一歩も譲らぬ気迫を漲《みなぎ》らせ、真っ向から対峙《たいじ》する二人に、基は真っ青になった。

間に割って入って止めようと、西根の傍を離れようとしたが、腰をきつく抱き込まれていて敵わない。此《こ》の期《ご》に及んでは西根も絶対退かない意地を出しているようだ。

基は焦って身動《みじろ》ぎし、「恭平さん、恭平さん」と西根の肩を揺さぶった。

どうしても都筑の顔はまともに見られない。さっきの、背筋がぞくりとするような冷淡な目をもう一度受け止めるだけの勇気はなかった。臆病と罵られても仕方がない。基はこれ以上都筑に冷たくされたら、痛手が深くなりすぎて、どうかなってしまいそうだったのだ。

「来い、基！」

カッとしたように叫んだ都筑が、肩の関節が抜けそうなくらいの勢いで基の腕を引く。

思わず悲鳴を上げた。

「何をする、基に乱暴するな！」

「基は俺の恋人だ。そっちこそ出しゃばるな」

強引に西根の腕から基を引きはがした都筑は、基が思いもかけなかったセリフを投げつけ、西根をぴしゃりと牽制《けんせい》した。俺の恋人だ、ときっぱり断言され、基は戸惑うと同時に失いかけていた希望を取り戻した気分だった。

真っ暗だった気持ちに、みるみる光が差す。

それでもまだ、完全には明るい気分になれなかった。

本気だろうか。――それとも、単に自分が優位に立つためだけの言葉だろうか。

基はおそるおそる都筑の顔を見る。西根から基を奪った都筑は、基の二の腕を痛いほどきつく摑んだまま、まだ西根と睨《にら》み合っていた。

西根がギリリと歯嚙みする。基と交えた視線が「大丈夫か？」と心配げだ。基は小さく頷き、喧嘩をしないで、と目で懇願した。西根の唇から諦観に満ちた溜息が出る。基が都筑の傍にいることを選ぶのなら、ここで自分の出る幕はないと判断したようだ。西根は決して出しゃばるつもりはないのだ。基本的には、他人の恋愛沙汰《ざた》に首を突っ込んでもしょうがないと割り切っている。

「恋人……ね。あんたの言葉を信じてここは基を任せるが、いつもいつも俺が寛大だとは思わないでくれ」

西根はそれだけ言うと、もう一度基の顔をちらりと見て、本当にここで去っていいのかどうか確認する。基はお礼の意味を込めて二度瞬《まばた》きした。声を出そうとしたが、緊張しすぎているせいか、出なかったのだ。

大きな背中が歩み去っていくのをしばらく見送った後、基は無言のままの都筑に腕を引かれ、西根と反対側に連れていかれた。前にジーンが立っていた地点を通り過ぎ、建物の角を回ってホテル利用客用の駐車スペースへと向かう。

あたりは暗く、足下は真っ暗だ。ところどころ、植え込みの間に据えられた常夜灯の明かりが届く範囲だけ薄明るい。

都筑に摑まれた二の腕が熱かった。

ああ、やっぱりまだ諦めきれない、としみじみ思う。

さっきの都筑の言葉を信じたい。まだ都筑が基を恋人だと言ってくれたことに、一縷《いちる》の望みをかけたい気持ちでいっぱいだった。

端の方に停めてある車のドアを開け、都筑は基を助手席に座らせた。座るやいなや、ドアがバタンと閉められる。都筑の機嫌は悪いままだ。運転席に乗り込んできてからも口は一直線に結んだままで、視線すらもくれない。

黙々として居心地の悪い雰囲気に包まれた中、都筑は五番街を少し北上し、セントラルパーク内を横切ってアッパー・ウエスト・サイドまで車を走らせた。基を自分のアパートメントに連れていくつもりらしい。

いざとなると基は都筑にどう話しかければいいのか悩んだ。

あれほどまだ諦めたくないと切望していたはずなのに、こうして二人きりで車に乗っているときには、肝心の言葉が見つからないのだ。どうしよう、何をどう喋《しゃべ》ったらいいのだろうと、気ばかり焦る。

レストランに連れてきた人や予約した部屋はどうしたのか、ずっと不機嫌だった理由はなんなのか、本当のところ都筑は基をどう思っているのかなど、思い切って聞いてみたいことはたくさんあるが、重苦しすぎる沈黙を破る勇気がない。事態がさらに悪化したら、今度こそ取り返しがつかなくなりそうで怖かった。基はひどく臆病になっていて、自分からは何をするのも躊躇った。

プラザ・マーク・ホテルから都筑の住んでいる場所までは、セントラルパークを横切ると近い。悩んでいる間に黙りこくったドライブは終わり、基は仏頂面《ぶっちょうづら》をした都筑に冷ややかな眼差しで促され、部屋について上がった。

都筑が鍵を開けて玄関ドアを引いた途端、室内からラブラドール・レトリバーのタロウが真っ黒い体を現し、基に飛びつかんばかりにして懐いてくる。

「うわ……っ」

基は危うく押し倒されそうになりながら、犬としては相当な巨体を抱き留めた。

ハッハッハッとタロウが長い舌を出して息を吐き、基に向かってふさふさの尻尾《しっぽ》を千切れそうなくらい振る。

「タロウ、タロウ。くすぐったい、くすぐったい！」

頬《ほお》や顎をべろべろと舐《な》められ、基は思わず強張らせていた頬の筋肉を緩《ゆる》めた。タロウの無邪気さに救われる。消沈していた心を慰めてもらったようだ。タロウにはしょんぼりしたところを見せたくないと思い、明るい声を出した。

前に二度ほど都筑と一緒に遊んでやっただけなのだが、タロウはめちゃくちゃ基を気に入ってくれているようだ。日本の家で飼っている猫も家族の中で基に一番懐いていることもあって、都筑が冗談交じりに「動物にもてるな、きみは」とやきもちを焼く素振りを示していた。

犬に構っていると、つい今し方まで暗い気持ちでいたことを忘れられる。

このままタロウが二人の間の潤滑《じゅんかつ》油になってくれればいいと基が思ったとき、廊下を先に進んでいた都筑が突然振り返り、「タロウ！」と厳しい声で犬を呼んだ。

たちまちタロウがしゅんとして基から離れる。

屈《かが》み込んで相手をしていた基も、じわじわと膝を伸ばして立ち上がった。

怒っている。

見るまでもなくわかったが、おそるおそる視線を上げてみると、都筑は想像以上にきつい表情をしていた。そのまま全身が強張り、気持ちが萎縮する。

傍に来たタロウの頭を撫でた都筑は、立ち尽くしている基には一瞥をくれただけで、犬と一緒に奥のリビングに去っていく。

どうしたらいいのかわからない。

基は困惑し、惨めな気持ちで項垂れた。

リビングに行っていいのか悪いのか、それとも声をかけられるまでここにいた方がいいのか、迷う。強引にここまで連れてこられたが、とうてい歓迎されている雰囲気ではなく、都筑の考えも気持ちも基にはまるで推し量れない。苦しくて息が詰まりそうだ。

ずっと立っていると、また眩暈《めまい》がしてきた。貧血だ。目の前が真っ暗になり、頭の中がずくずくと痺《しび》れて渦を巻いているような感覚に襲われる。普段は決して病気がちな体質ではないのだが、ここ数日の不摂生が祟《たた》っているのだ。

壁に手をついて体を支え、視界が戻るまで堪えていると、奥の方でドアが開く音がした。

はっとして身を起こし、なんでもない振りをして真っ直ぐに立ち直す。

「いつまでそこにいるつもりなんだ。いちいち手を引かれないと歩けないのか、きみは」

苛立ちを含んだ声をかけつつ都筑が大股に歩み寄ってくる。妙に遠慮がちな基の態度が気に障ったのだろうか。

基は顔色を気にしながら、無理をして控えめな微笑みを浮かべた。他にどんな表情をすればいいのか思いつけず、痺れが抜けかけたばかりの頭では深く考えられなかった。

「……ごめんなさい」

智将さん、といつものように呼びたかったが、喉が詰まって声にできない。

都筑の強張った顔を見ていると、そんなふうに呼んではいけないような気がした。

同時に、本当はここにいてはいけないのではないかと突然思った。これ以上都筑が不機嫌になる前に帰った方がいい気がする。

「ごめんなさい。僕、帰る。帰ります」

「なんだって？」

たちまち都筑は声を荒げた。

基の言葉に、いっきに憤怒《ふんぬ》に火がついたようだ。まったく予期していなかったらしい。

「俺を翻弄《ほんろう》するのもいい加減にしろ！」

激しい剣幕で怒鳴りつけられて、基は息を呑み、呆然《ぼうぜん》として目を見開いた。

――翻弄?

翻弄という言葉そのものの意味が頭から掻き消えたように思い出せず、音ばかりが耳の奥でわんわんとこだまする。身に覚えのない言葉だ、ということだけ感覚的に理解できた。突然、涙がひと粒頰骨の上に転がり落ちる。

「もう、そんなしおらしい振りはたくさんだ」

目の前にまで迫ってきていた都筑が基の腕を摑み、数メートル先のドアまで引き立てるようにして歩かせた。

「嫌です、――智将さん、嫌!」

謂《いわ》れのない暴言に衝撃を受けて混乱しながらも、基は必死で抵抗した。

引きずり込まれた先の部屋は都筑のベッドルームだ。

こんな気持ちで都筑に抱かれるなど、基には想像もつかない。あるのは恐怖と悲しみだけで、絶対に今は嫌だった。都筑が嫌いなわけではなく、今のこの状態で行為することが受け入れられず、基に抵抗と拒絶をさせていた。

しかし、これまで誰からもこんな無茶な扱いを受けたことのない基のする抵抗など、所詮はたかがしれている。

怒りに平常心を失っているとしか思えない都筑は、やすやすと基の体を広いダブルのベッドに押さえつけ、逃れられないように上から体重をかけてのしかかってきた。

「僕はこんなのは嫌だ。やめて、お願い」

基の懇願も虚しく、なりふり構わず振り回した腕は払いのけられ、あっという間にシャツのボタンを弾き飛ばす勢いで前をはだけられる。

「西根とは何度寝た？」

都筑はさらに基を唖然《あぜん》とさせ、絶望させることを、低い声で確信的に詰問した。

「そ……そんな。……そんなこと…！」

頭の中が真っ白になって吹き飛ぶ。

まさか、都筑が本気で西根との仲を邪推しているとは思わなかった。ひどい侮辱だ。だが基は悲しすぎて怒りも湧かせられなくなっていた。身も心も虚脱する。いっそ笑ってしまいたい気分だ。実際に笑い飛ばせたならば、ずいぶん精神的に楽になれただろう。

「違うのなら、違うと否定しろ」

言葉を途切れさせてしまった基に、都筑は容赦なくたたみかけた。今度の口調には、否定してくれと懇願する響きも混じっている気がしたが、基の願望がそう思わせただけかもしれない。

「あなたこそ。……あなたこそ、今夜一緒だった人と！」

「あいつは従弟だ」

あっさり切り返され、基はえっと唇を開き、真上から覆い被《かぶ》さってきている都筑の顔を凝視した。真実か嘘か見極めたかったのだ。普段とは違い、基はすっかり疑り深くなっていた。これまでの段階であまりにも傷つけられすぎて、これ以上は堪《た》えられないと心が悲鳴を上げている。自衛のために慎重にならざるを得ない精神状態になっていた。

一瞬だけではあったが、都筑の顔に、悔恨の色が確かに掠《かす》めた。

「従弟……?」

基はぼんやり呟く。

「それは、つまり、僕を試したということですか?」

疑われた上に試されまでしたことに、胸を抉られる。基はわなわなと震え、尖る声音を抑えきれず、都筑に抗議する口調になった。

「ひどい! そんなの卑怯《ひきょう》です!」

めったにない基の反発に、ただでさえ理性を失っていた都筑がカッとなってキレたのは、成り行き上仕方ないといえば仕方がなかったのかもしれない。

「悪いか」

都筑は荒々しくネクタイを首から引き抜くと、シャツを脱ぎ捨てて上半身裸になる。ズボンのベルトも外してウエストを緩めた。

そうしておいて、すでに肌を晒させていた基の胸に指を辿《たど》らせ、左右の突起を弾いて嬲《なぶ》る。

「いやっ、あっ」

まだ自分を信じてないくせに、と思うと、基も意地になった。このままおとなしく抱かれるわけにはいかない。話し合い、納得し合ってからでなければ、絶対嫌だった。

身を捩《よじ》って都筑の指を避けようとする。

腰から下を完全に封じ込められている基には、ほとんど体の自由は利かない。せいぜいできるのは、手や肘《ひじ》で都筑の胸板を突いたり叩いたりすることと、肩や二の腕に爪を立てることくらいだ。そんな些細《ささい》な攻撃では、都筑は痛くも痒《かゆ》くもなかっただろう。

しかし、基がおとなしく身を任せないというだけで、都筑は頭に血を上らせたらしく、容赦がなくなった。

「きみが約束を破って、俺より他の男を優先したのがいけないんだ」

「してません、そんなこと」

都筑よりも優先したものがあるとすれば、それは仕事だった。誓ってそれだけだ。理不尽な発言に対しては基の語気も自然と荒くなる。誤解しないで欲しいと切望するあまり力が入るのだ。

「じゃあ西根はなんだ。なぜあの男にはああもべったりとしてみせる?」

「恭平さんは、兄の後輩なんです！　僕のことを、ものすごく昔から知っていて。だから…！」

「だからなんだ。ここでは西根がきみの兄さんの代わりだとでも言うつもりか」

まさしくその通りだったが、それを言っても都筑には言い訳にしか聞こえないのだと気づき、基は言葉を呑み込んだ。一般的に考えれば、二十四にもなってそれだけ周囲に甘えさせてもらっている基のような人間が特殊なのだろう。

「きみの体、確かめさせてもらう」

「やめて。そんな理由で僕を抱くなんて、いくら智将さんでも……あっ！」

スラックスを下着ごと腰骨のあたりまでずらされ、萎《な》えている中心を摑まれる。

手の中で巧みに揉《も》みしだかれ、官能を刺激された。

「……あああ、嫌っ」

自分の手で慰めることすら忘れており、一週間以上禁欲させていた器官は、弱かった。ちょっと弄《いじ》られただけで芯を持って硬くなり、淫《みだ》らな液を滲み出させて先端を湿らせる。

「きみはいつでも口ばかりだ」

嫌と言った端から悦楽の証を零《こぼ》す基を、都筑は責める。

「この分ではこっちもすぐ溶けて、俺でも西根でも構わず受け入れるんだろう」

「ひどい」

あまりの暴言に基は蒼白になって全身をわななかせた。

これがあの、常に優しく思いやり深い態度で基と接してくれていた都筑なのだろうか。基にはどうしても信じられない。悪夢を見ている気分だ。

「だったらなぜはっきり否定しない！」

「否定したら智将さんは信じてくださるんですか！」

とうとう基も気持ちを高ぶらせ、自棄を起こしたように声を張り上げた。

チッと鋭く舌打ちした都筑は、腕を伸ばしてサイドチェストの抽斗《ひきだし》を開け、無造作な手つきで中を掻き回すと、潤滑剤らしきチューブを取り出して、シーツの上に放り出す。

前を弄られて身悶《みもだ》えしているうちに膝の中ほどまでずれていたスラックスと下着を、足から引き抜かれる。

「やっ……嫌っ。やめて、やめて、智将さんっ」

基は恐々として叫んだ。

だが、都筑は耳を貸さず、必死に閉ざそうとする基の太股《ふともも》を無理やり押し開き、大きく割り裂いた。

秘部に冷たい感触が広がる。ゼリー状の潤滑剤をたっぷり絞り出し、襞《ひだ》の周囲と奥にまで塗り込められていく。

このまますぐに貫かれるのかと思うと、背筋が震えた。

「お願いっ、怖い、やめて――」

次の瞬間、焼けつくような痛みが基を襲い、一瞬呼吸さえ止めさせた。

都筑が基の中に強引に入ってくる。

基は大きく顎を仰け反らせ、涙を振り零しながら呻《うめ》き声を上げた。

痛い。痛い。体も心も、堪えられないくらい痛かった。

「……基」

都筑の声も苦しげで、切羽詰《せっぱつ》まった響きがある。

「ち、智将さん。智将さん……」

自分を責め苛む都筑の胸に縋りつき、基は痛みと熱に啜《すす》り泣き続けた。

朝になれば、これが現実に起きていることではなく、悪夢だとわかるかもしれない。

もはやそれしか基には考えられなかった。

不覚にも、都筑は電話のコール音で目が覚めた。

すっかり日が昇っていることは、カーテンの隙間から洩《も》れている光の強さでわかる。

寝乱れた髪をぐしゃりと掻き上げながら傍らに視線を流した瞬間、絶望的なほどの深い後悔が胸の底から迫り上がってきた。

——基。

昨夜のことがいっきに甦《よみがえ》る。

嫌がっていた基を無理に奪い、泣き叫ばせた。

最低だ。最低最悪なことをしてしまった。

電話はまだ鳴り続けていたが、受話器を持ち上げるのも忘れ、都筑は忸怩とした気分を噛み締め、肩を落とす。

シーツはぐしゃぐしゃに乱れていた。

真っ白い枕の上に長めの黒髪が何本か落ちている。都筑はそれを摘《つま》み上げ、手のひらに載せてそっと握り込む。激情が去った後には、虚しさと悲しさと自責の念だけが残り、都筑を居たたまれない心地にした。

いったん途絶えたコール音が、再び響き始める。

留守電に切り替わらないからには都筑が在宅だと知っている人間がかけてきているようだ。

都筑は石のように重く感じる腕を動かして、ようやくサイドチェストの上の子機を取り上げた。

『あ、やはりおいででしたか、ボス』

「ジーンか」

大丈夫ですか、体調でも崩されましたか、と心配そうな声が続く。

目覚まし時計を確かめると午前九時を過ぎていた。いつもは八時前にはオフィスに入る都筑が何の連絡もなしにこんな時間まで出社しないので、ジーンは病気か事故ではないかと気を回したらしい。

「悪かったな、連絡もしないで。スケジュール、大丈夫か？」

確か今日の午前中はなんの予定もなかったはずだと思いながらも、都筑は念のため聞いた。

『それは問題ありません』

ジーンはすぐに答えた。

「今から支度して出る。ロスの方は結局すべて順調に行ったんだな？」

『はい。……あの、ボス』

はっきりした返事に続けて、ジーンが躊躇いを振り切るような感じの声を出す。そういえば、先週末からジーンの様子にしっくりこないところがあったな、と思い出した都筑は、「どうした」と先を促した。オフィスで顔を合わせると、またジーンは言おうか言うまいか逡巡《しゅんじゅん》する気がしたので、今電話で聞いた方がいいと思ったのだ。

『実は、実はわたし……』

お伝えし損ねてずっと気にかかっていたことがある。ジーンはじわじわと白状した。

『先週の金曜日、ボスから、基さんが電話をかけてこなかったかと聞かれて、わたしは電話はなかったとお答えしました。それは嘘ではなかったのですが、本当は、あの、……基さん、お昼頃、ボスを訪ねてオフィスに——』

なんだって！

都筑は愕然とし、目の前が真っ白になった。

「ジーン！　今日の予定は全部キャンセルだ。オフにする」

都筑は最後まで聞かず、受話器を放り出してベッドから跳ね起きた。

ばか野郎、今頃になって！

悪態が口をつく。しかし、それはジーンに向けたものというより、自分自身に向けたものだった。頭の半分では基が西根や他の男とどうにかなるなどあり得ないとわかっていたはずなのに、些細な行き違いや偶然の積み重なりが、都筑をおかしくし、とんでもない疑心暗鬼の迷路に嵌《はま》らせてしまった。

大急ぎでざっとシャワーを浴びて身繕いする間も気が焦り、早くしなければ取り返しのつかないことになるという悪い予感を払拭できなかった。

基はいつベッドを出て帰ったのか。不甲斐なくも都筑はまったく気づかなかった。強姦するような形で基を抱いた後、電池が切れたように眠りに引きずり込まれたのだ。基も寝たと思っていた。たぶん、少しは寝たはずだ。行為の最中も後も、しっかり抱いて放さなかった記憶がある。

せめて一昨日《おととい》、いや、昨日の午後までにジーンが打ち明けてくれていれば……という悔しさは、すぐさま強烈な自己嫌悪にすり替わる。それでもやはり悪いのは俺だ、とかえって深く落ち込んだ。

そもそも、次は基から行動するべきだなどと考えた自分が傲慢《ごうまん》だった。

本気でなんとかしたかったのなら、何回だろうと、何が起きていたとしても、都筑から努力すればよかった。すべきだった。遅ればせながらそう思う。

もう間に合わないとは考えたくなかった。

車に飛び乗り、基の部屋に向かう。そこ以外居場所は思いつかなかった。西根のところにいるのではという考えは、ちらりとも浮かばなかったのだ。

ここ一ヶ月の間ですっかり顔馴染みになったホテルのフロントが、都筑を見てにこやかに笑いかけてくる。エレベータに乗るのを止めないところからして、基は部屋に戻っているのだと確信した。

許してくれようとくれまいと、とにかく謝らなければいけない。

こうなると都筑にも他にどうしようもない。どんな言い訳や弁解も見苦しく卑怯なだけで、潔く頭を下げるしか誠意を表す方法を思いつけなかった。

部屋のチャイムを鳴らすとき、これほど緊張したのは初めてだ。

祈る思いでドアが開くのを待つ。

ドアの向こう側に人の立つ気配がした。しかし、躊躇っているのか怒っていて会いたくないのか、しばらく息を詰めて待ってみても開く気配がない。

「基。基、いるんだろう。都筑だ。開けてくれ」

都筑は一目会って謝罪したいのだという気持ちを、精一杯声に表した。

それが基に通じたのかどうか、やがて少しだけ隙間が開く。

「基」

都筑は僅かでも基の意に染まぬことはしない決意を固めていた。ドアに自分から手をかけることはせず、辛抱強く隙間が大きくなっていくのを見守る。

「……智将さん」

ずいぶんかけて基がようやく顔を見せた。

充血した瞳と腫《は》れた瞼《まぶた》に泣き明かした名残《なごり》がくっきりと浮かんでいる。それを見た途端、都筑は横面を張り飛ばされたような衝撃を受け、覚悟していた以上の打撃に心臓が震えた。

「悪かった。俺が、俺が、全部悪かった」

声が上擦《うわず》り、うまく言葉にならない。他ならぬ都筑自身が傷つけた基の心を、どうしてやれば癒《いや》せるのか。こんな顔をさせた原因が自分だと痛感した都筑には、にわかにはわからなかった。ただ、なんとかしなくては、という気持ちばかりが先走る。

「ごめんなさい。黙って帰って」

「謝らないでくれ」

あまりにも居たたまれず、都筑は顔を歪《ゆが》め、哀願するように言った。ここで基に一言でも謝られたら、それこそ都筑の立場がない。

「謝らないでむしろ罵ってくれ。きみは、何も悪くない。いろいろ知らなかったり、誤解したりした俺が悪いんだ。おまけに、昨夜は……あれほど嫌がっていたきみを、俺は獣じみた行為で苦しめた」

基が俯きがちにしていた顔をじわりと上げた。

「そんな。僕も、無頓着《むとんちゃく》で、気配りが足りなかったんです。明け方ここに戻ってきて、つくづく反省しました。早く仕事に慣れたくて、張り切りすぎて……」

そこまでゆっくりとした口調で話した基は、不意に顔を顰めた。

「ああ、違う。ごめんなさい」

ゆるゆると首を振る。どこまでも正直になろうとする基がいじらしくて、都筑は、基の許しさえあれば今すぐ抱き締めたい気持ちになった。

「……そうじゃなくて、僕は智将さんと少しでも対等になりたかったんでした。だから仕事のことで焦りが出たんです。智将さんの優しさと懐の深さに甘えすぎていました。せっかく時間を割いて会いたいと言ってもらっていたのに、待ってくれるだろう、延ばしてくれるだろうと、本当に傲慢になっていた。恥ずかしくて、申し訳なくて、僕……もう……」

「もう？」

都筑は不穏な気持ちになり、慌てて言葉の真意を問い返す。もしこの後に続くのが別れの言葉なら、万難を排して基をもう一度口説き、やり直そうと懇願するつもりだ。

基は唇を閉めたまま迷うように視線を彷徨《さまよ》わす。

ここは都筑も引き下がれなかった。引き下がれば終わりだ。それだけは確信できる。

「よかったら、部屋に入らせてくれないか？」

遠慮がちに頼むと、基は躊躇いながら小さく言った。

「今、散らかってるんです」

「構わない。基、もう少しだけきみと話をしたい。俺にそれだけの猶予《ゆうよ》をくれ。絶対きみが嫌がることはしないと誓う」

都筑の言葉に偽りがないことは、今向かい合っていた限りでも通じていたらしい。基は意を固めたようにこくりと頷き、体を避けて都筑が部屋に入るのを許してくれた。

部屋の中は謙遜《けんそん》ではなく散らかっていた。

リビングの床にスーツケースが広げられ、周囲に衣類や小物類、日用品などが置かれている。パッキングの途中であることは誰の目にも明らかだ。

「まさか、帰るのか？」

思わず声が震えた。

やはり間に合わなかったのか。別れる決心をしてしまった後だったのか。都筑は愕然《がくぜん》として足下のスーツケースを凝視したまま立ち尽くす。

「兄が、一度帰ってこいと言ってくれたので、……帰ります」

「お兄さんに、電話したのか？」

基は気恥ずかしげに睫毛を伏せ、シャツの喉元を指で押さえた。声が頼りなく聞こえるのを気にしたらしい。

「かかってきたんです。人事のチーフから連絡を受けたと言ってました。レストラン研修が終了したという報告のついでに、勤務中に倒れたことも聞いたようです」

ならばきっと功《いさお》は都筑に憤慨し、やはり基と付き合うのは認めない腹になったに違いない。自業自得と言われればそれまでだ。だが、都筑はここですんなり諦めるわけにはいかないと自分を奮起させた。

「行かないでくれ!」

ややこしいことは全部後回しにして、都筑は一番大切なことをまず基に告げた。

「愛してる。基、俺はきみだけ愛してるんだ」

「智将さん」

基の頬にさっと朱が差す。

青白かった顔に桜の花びらが散ったような、そんな紅潮の仕方だった。都筑は感嘆し、溜息をつきかけた。綺麗で初々《ういうい》しくて雅《みやび》やかだ。胸に熱いものが染み出してくる。

初めて基と出会ったときを思い出す。

ああ。自分はいったい何を血迷っていたのだろう。都筑はようやく完全に悪夢から醒めた心地になる。

基は何も変わっていない。第一印象のままの、都筑を一目で虜にした、素直で愛さずにいられない基だ。

「基」

都筑はそっと基に近づいた。

怖がらせないように、じっと黒い瞳を見つめながら、一歩ずつ傍に行く。焦ると基が小鳥のように逃げてしまいそうで、都筑は足音にも気遣い、慎重になった。

「少しだけ、腕に抱いていいか?」

基は言葉では答えなかったが、肯定のしるしに瞬きをした。長い睫毛の揺れ方ひとつにも品と艶がある。拒絶されなかった喜びもあって、都筑は羽が生えたように心が軽くなり、嬉しかった。

ほっそりした体を腕の中に包み込み、初めはやんわりと抱く。

「……智将さん」

基が熱の籠もる吐息をついた。

「髪を触っても?」

「僕、……僕、髪でも頬でも額でも、全部触れて欲しいんです」

堰《せき》を切ったような感情の迸《ほとばし》りを基は見せた。

「基!」

心臓が苦しいほどの感動と歓喜が都筑の体中を満たす。

「きみが好きだ。愛してる。俺にはもう、それしか言えない」

「夢みたい」

基はとことん控えめで自信なげで、あまりにも可愛かった。

「キス、したい」

「僕はベッドに行きたいです」

いざとなると大胆な基に、都筑はいい意味に翻弄される。

なぜ基の気持ちを少しでも疑う気になったのか、あらためて考えればさっぱりわからなかった。

悪魔の囁きに唆《そそのか》され、正気を失っていたのだとしか思えない。

「きみは俺のものでいいのか?」

都筑が遠慮がちに聞くと、基は迷いもなく頷いた。

「智将さんこそ、本当に僕で満足できますか……?」

「俺はきみだけを愛してる」

さっき言ったのと同じ言葉を繰り返し、都筑は基の心に訴えかけた。

信じて欲しかった。

できれば昨日までのことを許して欲しい。

もう二度と今後あんなばかげたことをしないですむように、基に一度殴られてもいいくらいの気持ちでいる。そうすれば、痛みの記憶が万一のときの歯止めになるだろう。今回のことで必ずしも自分の自制心に自信が持てなくなった都筑は、本気でそう考えた。基のことが他の何より特別だから、感情の起伏も激しいのだ。ほんの些細な誤解でも、どうでもいいと割り切れないから、つまらない疑惑を膨らませ、挙げ句ろくでもないことになるのである。

「僕、智将さんしか知らないんです」

基が都筑の胸に顔を埋め、くぐもった声で言う。

「これから先も、智将さんひとりでいい。……本気です」

「基。基、服を脱がせてキスしたい」

唇だけでなく体のあちらこちらすべてにキスがしたかった。

「キスからもう一度やり直そう」

そう言うなり、都筑は基の膝裏に腕を入れ、細くて軽い体を横抱きに抱え上げた。

「智将さん！　お、重いから下ろして……下ろしてください。恥ずかしい」

「重くない。落としはしないから」

狼狽える基を宥《なだ》めて、都筑は隣のベッドルームに行った。

こちらの部屋には荷物はそれほど散らばっていない。

ガラス細工の宝物を扱うように、基をそうっとシーツに下ろす。

基が瞼を閉じた。

都筑もベッドに膝を乗り上げる。スプリングがギシリと軋《きし》んだ。

基の薄桃色の唇から艶のある息が洩れた。
その柔らかくて甘い唇を、都筑は優しく塞ぎ、心ゆくまで堪能《たんのう》した。

初めは遠慮がちに触れるだけのキスをしていた都筑だが、基から誘うように唇を動かすと、すぐに隙間から舌を滑り込ませてきた。

「……んっ」

いきなり上顎の裏側を舌先で擽《くすぐ》られ、堪えきれずに声が出る。都筑は基の感じるところをよく知っている。ぞくぞくする快感が背骨を駆け抜け、基は眉根を寄せてやり過ごした。

接合した唇を離すときにたつ淫靡《いんび》な水音が、官能をそそる。

舌を吸われる深いキスに頭が酩酊《めいてい》する。顎が仰け反り、肩が揺れ、腰もビクビクと動いた。都筑の裸の背中に回した両腕はしっかりと縋りつかせ、ときどき爪を立ててしまう。感じ方が激しいと太股が痙攣《けいれん》し、足の爪先までピンと緊張した。

都筑の行為に全身で応える基に、都筑は何度も「可愛い」と繰り返す。

基はすべて素直に、積極的に受け止めた。体だけでなく、心も裸になる。

「昨夜は悪かった。本当に悪かった」

濡れた唇を名残惜しそうに離した都筑は、真摯な様子で謝った。

「妬いたんだ。きみがあまりにも西根に気を許しているようで、悔しかった。ニューヨークは俺のテリトリーだという自負があって、俺よりきみを大事にできる人間はいないはずだと傲慢になっていた。俺は、きみにもっと頼って甘えて欲しかったんだ。頼られるのは全然迷惑なんかじゃない。むしろ嬉しい。きみがそれを俺に申し訳ないと考えているとは思いもしなかった。だが、それをきちんと言葉にして伝えなかった俺が悪かったんだ」

「智将さん、もう謝らないでください」

都筑だけのせいでああなったのだとは思わない。基にも軽率なところはあったのだ。

「それに僕は、昨日……ちゃんと感じてました」

この告白には勇気がいった。言いながらも羞恥《しゅうち》で頬が火照《ほて》ってくる。はしたなく貪欲《どんよく》な自分を認めなければならず、都筑に呆れられたらどうしようという不安もあった。あんなふうに無理やり押さえつけられて奪われることにも、体は高揚した。もしかすると、普段以上に興奮の度合いが強かったかもしれない。

挿入は強引で怖かったが、その後の抽挿には滾《たぎ》るような情熱が込められていて、基を戸惑わせながらも確実に歓喜へと導いた。

「夜明け前に目が覚めたとき黙って帰ろうと思ったのは、抱かれて感じた幸福感をまた打ち壊されるかもしれないのが辛かったからです。僕はいつも智将さんを苛立たせてしまうから、朝になって顔を合わせたら、きっとまた同じことの繰り返しになる気がして。本当にそれだけが理由で、智将さんを恨んでのことではないんです」

「だが、きみの瞼はこんなに腫れている」

都筑は基が閉ざした瞼にくちづけ、舌先で睫毛を揺らす。

「あ…っ」

些細な愛撫にも官能を刺激され、基は微かに喘《あえ》いだ。

「ずっと泣いていたのでなければ、こんなにはならないはずだ」

「それは……」

基はどう答えたらいいのか迷った。

泣いていたのは事実だ。まだ明けきらない早朝の道をひたすらに歩きながら、すれ違う人もめったにいないのをいいことに、思い切り感情の赴くままに任せて帰ってきた。声をたてないように堪えて黙って泣きながら、ときどきしゃくり上げて鼻を啜る基の姿は、さぞかし滑稽《こっけい》だっただろう。

もうこれで都筑とは終わったのだと思っていた。だから、泣かずにはいられなかったのだ。

朝まで基がベッドにいたら、都筑はきっと自己嫌悪に陥り、また昨夜のような重苦しい沈黙ばかりが続くだろう。気まずさからさらに冷たくされる気がした。そして最後は「別れよう」と告げられる——。

想像するだけで胸が苦しくなってきた。

逃げずに堪えることなどとてもできそうになかった。

せめて、乱暴な形ででも抱かれて嬉しかったことを、都筑との最後の思い出にしたい。それで黙ってベッドを抜け出した。

事実はそうなのだが、それを今都筑に話すのは躊躇う。

まさか都筑が会いに来てくれるとは思わなかった。チャイムが鳴ったときには、たぶん西根だろうと考え、歩み寄っていったのだ。ところが、いざとなったら開ける勇気も、誰か確かめる勇気もなくなり、ドアの手前で立ち尽くしてしまった。もし、もし西根ではなかったら。西根以外にここを訪ねてきそうな相手は、都筑しか心当たりがない。万一ドアの向こうにいるのが都筑だとしたら、基はどうすればいいのだろう。逃げるように帰ってしまったことを責められるのでは、という恐れが浮かび、体が強張った。心臓は壊れそうなくらい鳴っていた。

ドアを開けようか、それともこのまま無視しようか、決心できずに逡巡しているところに、苦悩を感じさせる声が聞こえた。やはり都筑だ。しかも予想外に、怒るどころか心痛に打ち拉がれた様子でいる。

微かに希望が戻ってきて、基の肩を押した。

ドアを開けて都筑と顔を合わせる勇気を出せたことを、基は心からよかったと思う。

泣き腫らした顔を見られるのは恥ずかしく、わけを聞かれると困ったのだが、やはり諦めきれない思いが他の何をも凌駕《りょうが》した。

基にとってはすでに済んだことで、今となってはあんなに泣いたこと自体が恥ずかしい。それでも、ベッドの中で都筑に優しく気遣ってもらうのは幸せなことではあった。

「これは、それだけ智将さんのことが好きだという証です。そう思ってもらえたら僕はすごく助かります」

さんざん逡巡した挙げ句、基ははにかみながら瞼が腫れている理由をそんなふうに説明した。

「今度のことで僕もずいぶん反省しました。もともと不器用だけど、いざというときには拙《つたな》くてもなんとかする努力をしなくちゃいけないんだとわかりました。それに、智将さんにもいろいろな感情があって、場合によっては僕と同じように気持ちが乱れるんだなと知って……、前よりずっと近づけたようで嬉しいです」

「基」

都筑の胸に、何か込み上げてくるものがあったふうだ。感情が先走ってうまく言葉にできなくなった思いをぶつけるように、基の体をきつく抱き竦めてきた。

「きみは人がよすぎだ」

喉の奥から絞り出す声で言い、都筑は基の髪を愛情を込めた指遣いで梳き上げた。

長い指が額の生え際を撫で、頬を辿って顎の下にまで触れてくる。

気持ちよくて、基はうっとり目を閉じた。

「そんなに簡単に俺を許すな。もっと怒っていい。俺に言いたいことだってあるだろう？　この際だから聞かせてくれ」

都筑は基の物わかりのよさにむしろ不安を感じるらしい。上辺だけで言っているのではない真剣さが言葉に表れていた。

「ジーンに会ったそうだな？」

いささか気まずげに都筑から言い出した。

基はピクリと指を震わせ、都筑の顔を見る。声の調子から察せられた通り、都筑は苦しそうな表情をしていた。寄せた眉の間に深い縦皺が刻み込まれている。

「今朝聞いて知った。ジーンはきみに相当辛辣《しんらつ》に当たったんだな？　詳しい話は聞いていないが、ずいぶん気にして後悔している口調だったから、きっとそうだったんだと思った。きみは、それでずっと俺に連絡してこなかったんだな。俺とジーンの仲が、もしいまだに続いていると思っているのなら、それは違う。誓って違うと断言できる」

「はい」

都筑の誓いが嘘ではないと信じられたので、基は素直に頷いた。

「俺はばかだった。自分のことは棚に上げ、きみがちょっと西根と親しくしているというだけで激昂して。しかも、同じことを何回も何回も繰り返す始末だ。ばかとしか言いようがない。きみはいくらでも俺を詰《なじ》っていいんだ」

都筑は真剣そのものだ。

愛されている実感が湧いてくる。

こうしてまた都筑と抱き合えただけで、基は十分だった。ぴったりと密着させた素肌が熱い。都筑の逞しい腕や胸を直《じか》に感じられ、体中が歓喜する。押しつけ合った下腹の強張りは、はしたないほど高ぶっている。僅かでも腰を動かすと擦《こす》って刺激され、自分でも赤面するくらい艶《なま》めかしい声が洩れた。

「だって、智将さん……」

基は羞恥のあまり都筑の胸に顔を隠した。

優しい指はずっと基の顔や髪を触り続けている。

いったんは途切れさせた言葉を、基はその心地よい指の動きに促され、続けた。

「智将さんが怒っていた原因が、そんな、……やきもちだったなんて聞かされたら、僕、何も言えません。変な話だけど、嬉しいんです。僕、誰からもここまで思われたことありません」

「本気で言っているのか？」

「本気です」

迷わず返すと、緊張していた都筑の顔つきが心持ち柔らかに崩れた。

「どうやら俺はギリギリで間に合ったらしい」

安堵と幸福感に満ちた笑顔が、端整な男前の顔に広がる。

それを見た基はどきどきして胸を熱く震えさせた。好き…、という思いで頭の中がいっぱいになる。誰にどう反対されたとしても、基にはやはり都筑を諦めることはできそうになかった。笑顔ひとつで基をこんなに高揚させられるのは、きっと都筑だけだ。

もっと都筑を感じたいという欲望が強くなる。

基はそっと都筑の腰に手を伸ばし、引き締まった尻の膨らみに手のひらを這《は》わせた。

「……基」

都筑が目を眇める。声には快感の響きが交じっていた。

「きみに悪いことを教えたい」

「悪いこと、ですか…?」

どんな、と聞こうとしたが、それより先に唇を塞がれた。

チュッと湿り気のある音をさせ、粘膜を吸い上げられる。基はたちまちキスに酩酊した。都筑のキスはいつでも基を簡単に籠絡《ろうらく》し、わけがわからなくなるほどの快感を与えてくれる。

唇を割って口の中を余すところなく蹂躙《じゅうりん》された後、都筑は頭の芯を痺れさせて喘ぐ基の耳元に、色気に満ちた声で囁きかけてきた。

「反対向きになって俺の上に跨《また》がってくれないか」

首筋がぞくっとするほどいい声だ。基はしっとりとした吐息をついた。

都筑の提案する体位は、知識としてはもちろん知っていた。あまりにも淫らすぎて、想像するだけで頬が上気してきたが、どんな感じなのだろうと興味を持ったのは否めない。

「嫌か？　恥ずかしい？」

都筑には無理強いする気はまったくなさそうだ。

その都筑の気遣いが逆に基から躊躇いを奪い、大胆にさせた。都筑とならどんないけないことでもしてみたい。身も心も高ぶってくる。

「悪いこと、たくさん教えてください。いろいろ覚えたい」

「基」

愛しくてたまらなそうに都筑が基をぎゅっと抱き締める。

「きみは罪作りだ。そんな、俺を調子に乗せることをさらりと言う。俺をますます歯止めの利かない男にするつもりか」

「僕、智将さんにならを何をされてもいい。全部感じてしまうから」

「もうよせ。きみを甘やかしたいのは俺なのに、これでは逆にきみが俺を甘やかしている」

そんなことはないと基は思う。都筑は十分基に甘い。金曜なのに仕事を投げ出してきて、ベッドに行きたいと言った基のわがままに応えてくれている。

基は身を起こし、おずおずと逆さ向きになり、仰向けに横たわった都筑の上に乗った。

外はすでに明るいが、遮光カーテンをきちんと閉めた寝室内は、ナイトランプの明かりが灯《とも》されているだけで、夜にベッドにいるのと同じに薄暗い。

目の前に、都筑の隆起したものがある。その猛々《たけだけ》しい形を目にして、基はごくりと喉を鳴らした。手で触れて確かめたことは何度でもあったが、ちゃんと見るのは初めてだ。いつもこれが自分の中に……と思うと、あらためて感動する。

都筑が基の腰を少し引き、位置を調節した。両脇に膝を突いて腰だけ掲げた姿はさぞかし淫らだろう。しかも都筑はそれを後ろからまともに見ているのだ。閉じたくても閉じられない太股を緊張に震わせ、基は顔中を火が噴き出しかねないくらい熱くした。

「怖がらないでくれ。俺はきみを可愛がりたいだけなんだ」

「……はい」

消え入りそうな声で基は答えた。

「きみも俺を可愛がってくれないか」

都筑に促され、ぎこちない手つきで屹立《きつりつ》を摑む。握り込んだ途端、背後で都筑が「うっ」と低く呻いた。同時に手の中のものもビクリと大きく脈打つ。力強く躍動する器官に、基は生を感じ

た。都筑の逞しさに惹かれ、胸がぐっとなる。

基は情動のまま、手にした茎の先端に唇を近づけた。

大きく口を開けて先端を含み込む。

都筑の引き締まった腹が大きく上下した。緩く開かれた内股も感じているのを示すようにときどき引きつる。

「基。無理はしなくていい」

満ち足りた溜息と共に都筑が言う。

初めての行為に基自身も高ぶっていた。銜《くわ》えたものにそっと舌を這わせ、括《くび》れた部分や滑らかな先端をなぞる。いつも都筑が基にしてくれることを思い出し、頬を窄《すぼ》めて吸引したり、小穴を尖らせた舌先で擽ったりもしてみた。そうしていると、ただでさえ立派だった都筑のものは、さらに嵩《かさ》を増して硬くなっていく。

しばらくは基のする行為に身を委ね、されるままに快感を堪能していた都筑が、やおら基のものにも触れてきた。

「んっ……！」

手のひらに包まれて優しく揉まれ、基は都筑を口に含んだままくぐもった声を上げた。

いつも以上に感じる。うっかり都筑に歯を立てないよう気をつけながら、抑えきれない喘ぎを洩らす。

「基。可愛い。もう濡《ぬ》れてきた」

都筑の指を淫らな雫《しずく》で汚してしまったのは基にもわかった。

恥ずかしくて腰を引きかける。

「だめだ」

やんわりと都筑が基を叱《しか》って腰を引き戻し、お尻のてっぺんにキスをした。

「まだこれからなのは、きみにもわかっているだろう？」

「智将さん。あっ、……あ、あ」

基は都筑からいったん口を外すと、がまんできず喜悦に満ちた声をたてた。下腹の茂みから勃《た》ち上がった茎を弄られ、扱《しご》かれるのは、基にとっては剥《む》き出しになった神経を直に擦られるようなものだ。恐ろしいほど強烈な快感が背筋を伝ってきて、おとなしく腰を掲げていられない。

「一度いくか？」

色っぽいバリトンで聞かれる。

基は虚勢を張らずに頷いた。もう長く保ちそうにないのはわかっている。都筑の腰にしがみつき、押し寄せてくる悦楽に身を任せた。

先走りで濡れた手で茎全体を扱かれる。湿った粘膜を擦る淫靡な音が耳朶《じだ》を打つ。恥ずかしくて一刻も早く終わりにしてもらいたかったが、都筑は基の悦びをなるべく長引かせ、徹底して感じさせたがっているようだ。

「ああ、あ、僕もう……、もうだめ。だめです」

気持ちがよすぎて、過度の快感を体が受け止めきれず、基は弱音を吐いた。

腰が揺れる。立てた膝は萎えて崩れそうだ。

都筑の手の動きがきつくなった。

「あああ、あ、あ」

それまで以上に長い坂を、高みに向けて追い上げられていく。基は肩で息をし、シーツに落とした指を爪立《つまだ》てながら、強烈な快感に全身を喘がせた。

放つ瞬間、頭の中が真っ白になり、体の芯が痺れる。

堕ちる——。まさにその感覚だ。どこかに縋っていないと怖くて、基は発達した筋肉に覆われた都筑の太股に頬を押しつけ、嬌声《きょうせい》なのか悲鳴なのか自分でも定かでない声をたてた。

「よくがまんしたな、基」

気を高ぶらせて泣いている基に、都筑は「いい子だ、可愛かった」と声をかけ、宥める。手は尻や太股をずっと撫でていた。そうされているうち、基も次第に気持ちが落ち着いてきた。動悸《どうき》を速めていた胸も鎮まり、精神の余裕が戻ってくる。

その段階になってから、基は今自分がしているあまりにも淫らな姿を思い出し、はっと我に返った。太股を割って都筑の胸を跨いでいるため、尻の狭間《はざま》はかなり大胆に開いているはずだ。それを都筑の鼻先に晒しているのだ。あらためて意識した途端、狼狽えた。羞恥に腰を捩り、少しでも隠そうとする。

「どうしたんだ、急に」

わかっているくせに都筑は苦笑した。

「さっきからずっと見せていただろう？」

「……い、言わないで、智将さん」

今さら過ぎるとは基も思うのだが、不思議なもので、一度気になりだすと深く考えなかったときのように知らん顔してはいられない。

「恥ずかしがらなくてもいい。色も形も綺麗だ」

「そんな」

もっと居たたまれなくなって、基は思わず身を起こしかけた。

「基」

都筑が基の腰に両腕をかけてがっしりと押さえ込む。

「もう一度、俺のを可愛がってくれないか。嫌か？」

「嫌…じゃないけど……」

基は口籠《くちご》もり、睫毛を伏せた。

都筑は口説き上手だ。いつも基から躊躇いや恥じらいを剝《は》ぎ取り、二人でする行為に夢中にさせる。基は好きということ以外何も考えられなくなって、どんなことでもしてしまう。そして泣きたいほどの幸福感に浸るのだ。

まだ硬度を保ったままの都筑を摑み、唇を開けて先端をしゃぶる。少しすると先端から快感を得ているしるしの蜜が滲み出てきた。それを基は丁寧に舐め取る。次から次に浮いてくる雫を舌で清めていると、都筑に対する愛しさがどんどん膨らむ。

基が拙いなりに一生懸命口淫《こういん》している間、都筑は基の内股や双丘のまろみに手のひらを這わせていたが、やがて秘めた部分にも指を忍ばせてきた。

指の腹で襞を捲られる。

「やっ……！」

思わず基は顔を上げ、悲鳴のような声を上げた。

「見ないで。見ないで智将さん。お願い」

「ああ、大丈夫だ。見ない。ちょっと舐めるだけだ」

えっ、と焦って背後を振り返りかけたときには、指で広げられた中心に熱くぬめった舌が触れてきていた。

唾液を絡ませた舌で襞を舐《ねぶ》られる。

「……ああ、あっ」

たちまち基は背筋をぶるっと震わせ、膝を崩しかけた。しかし、都筑の腕がしっかりと腰を支えていたため、逃れることができない。

都筑の舌は繊細な部分を愛情を込めて慎重に解していく。

まるで昨晩の蛮行を償うような優しく思いやり深い行為に、基は恥ずかしさよりも嬉しさを強く感じ、強張らせていた全身から力を抜いた。

さんざん舌で濡らした後、都筑はそこに音をたてたキスをして、ようやく顔を離した。

ずっと喘ぎ続けていた基はすぐに息を整えきれず、半ば朦朧《もうろう》とした状態で首だけ回して都筑を振り仰ぐ。

「基」

都筑が色っぽい眼差しで基を見返し、基の下から体を抜いて起き上がる。

「そろそろ俺もきみが欲しくなった」

「智将さん」

そのままシーツの上に俯《うつぶ》せに這わされる。肩は付けたまま、膝だけ立てて腰を上げた姿勢を取らされた。

突き出した尻に都筑の腰が押しつけられる。

下腹の硬い勃起の感触に、基は期待と恐れを含ませた溜息をつく。

「もしかして、まだ痛むか？」

都筑の声には後悔と憂慮が感じられた。昨夜の無茶が基に与えたダメージを慮《おもんぱか》っているのだ。

まだ鈍い疼痛は残っているが、基ははにかみながら否定した。前戯らしい前戯もなしにいきなり挑まれて、堪えたのは否めない。ただ、怒りに頭を占拠されていながらも、都筑はギリギリの理性は保っていた。潤滑剤を使用してくれたので、実際に怪我はしなかったのだ。

「今度は精一杯優しくする」

都筑はそう誓い、懺悔《ざんげ》するように基の腰骨のあたりに唇を触れさせた。

心がほんわりとした幸せに包まれる。

基が体から緊張を抜いたところを見計らい、都筑のものが入ってきた。

「ああっ、ん、……あ、うう……！」

狭い筒の内側を、太くて長い屹立で貫かれるのだ。声を堪えることなどとうていできない。隙間もなく埋め込まれたものが、基の体を奥へ奥へと押し開きつつ進んでいく。その様を思い描くと、頭がくらくらするほど淫猥《いんわい》な気がした。まさに「食べられている」感覚に浸される。肉体的な刺激に加え、精神的な高揚が基を襲い、艶めかしい声を長々と吐き出させた。

時間をかけて付け根まで挿入した都筑が、歓喜に満ちた息をつく。

「基。基、大丈夫か?」

「はい」

少し息を弾ませながらも基はしっかり答え、ほのかな笑みを浮かべた。みっしりと詰まった感触が、都筑が中にいる実感を与えてくれる。歓喜が苦しさを忘れさせ、基の胸を弾ませた。

上体を曲げ基の背中に覆い被さってきた都筑は、基の髪を梳き、横向けていた顔のあちこちに唇を触れさせる。

「よさそうな顔をしている」

「……はい」

基は照れくさくて睫毛を忙《せわ》しなく瞬かせた。

「やっぱり、きみの顔を見ながらしたくなってきたな」

わがままを言って悪いな、と断って、都筑は一度基から離れた。

体を仰向けに返して足を開かされ、あらためて前から挿入し直される。さっき抜けたばかりの都筑のものに筒がまだ馴染んでいたためか、今度はひと思いに奥まで貫かれた。

それでも衝撃は大きい。

「ああ、あっ！」

基は悲鳴を上げ、目尻から生理的な涙を湧かせた。

都筑の腕が基をきつく抱いてくる。

「しっかり俺に掴まっているんだ」

言われた通り、基は都筑の背中に縋りつき、目を閉じた。

基の中に穿《うが》たれた都筑のものが快感を追って抽挿し始める。

眩暈がするほどの法悦が、擦られて刺激された部分に生じ、体中に広がっていく。

「智将さん、智将さん」

腰を揺さぶられている最中ずっと基は都筑を呼んで啜り泣いていた。

そのたびに都筑が宥めるようなキスを数え切れないほどしてくれる。

都筑がいく瞬間、基は自分自身が極めたときと同じ快感に浸り、長々とした吐息を洩らした。

幸せで幸せで、涙が止まらなかった。

チェックイン・カウンターで搭乗手続きを済ませ、荷物を預けて身軽になった基が、照れくさそうな、寂しそうな、なんとも複雑な表情になって都筑の傍に戻ってきた。

ジョン・F・ケネディ国際空港の出発ロビーは混雑し、ザワザワしている。

基が搭乗する機の出発は二時間後だ。

「どこかでコーヒーでも飲むか？」

このままここですんなり別れるのが名残惜しく、都筑は基を誘ってみた。しかし、基は唇を軽く噛みながら首を振る。

「そうやっていると、ますます帰りたくなくなってしまうから」

「そうか。そうだな」

都筑は微かに溜息をつき、潔く諦めた。

本音は帰国させたくない気持ちでいっぱいなのだが、成り行き上仕方がなかった。ここで無理に引き留めれば、さらに功の心証を悪くするだろう。自業自得という言葉が都筑の頭に浮かぶ。せっかく基と過ごせたはずの日々を、つまらない気持ちのすれ違いや嫉妬《しっと》でフイにしてしまったのは、他ならぬ都筑自身だ。誰を恨むわけにもいかない。

「セキュリティ・チェックが厳重で、搭乗口に行くまで結構時間がかかるらしいんです。……そろそろ、行きますね、僕」

躊躇いがちに基が言い出す。

もうか、と喉元まで出かけたが、都筑はそれを寸前で呑み込んだ。

「ああ。そうした方がいいな」

都筑が答えると、行きますと自分で言ったはずの基の方が、かえって決意を鈍らせたような、もう少しと引き留められたかったような顔をする。

「基」

都筑は堪らなくなってきて、辺りを憚《はばか》る余裕もなく基の腰を引き寄せた。

シャツにコットンパンツ姿のほっそりした体を、強く抱き締める。

「ち、智将さん……あの、あっ」

狼狽える基の顎に指をやり、上向かせてキスをする。

「……あ、……んっ」

公衆の面前での深いキスに基は恥じらって身動ぎした。それでも都筑がしっかり抱いて放さずにいると、そのうち強張らせていた体の力を抜き、しどけなく寄りかかってきた。舌を絡ませるキスに酔ったのかもしれない。

しばらく会えない分も合わせた濃厚なキスの後、ゆっくりと唇を離す。

濡れた唇同士を透明な糸がしばらく繋《つな》いでいた。基の顔はすっかり上気している。都筑はその

薄桃色に染まった頬に、そっと手の甲で触れた。

やはり別れたくない気持ちが頭を擡げてくる。

基も同様のようだ。

だが、どちらもそれを言っても始まらないと重々承知しているので、口には出さなかった。

「基。出発ゲートは向こうだ」

今度は都筑から促す。

「俺はここできみを見送る。向こうまでついていくと決心が鈍りそうだ」

「はい」

「また電話する。きみが鎌倉《かまくら》の家に帰り着いた頃、電話する」

「嬉しいです。待ってます」

二人は互いの目を見つめ、少しの間離れても大丈夫だということを確かめ合った。

いつまでもこのままでは本当に埒《らち》が明きそうになかったので、都筑は基の肩を抱くようにして数メートルだけ一緒に歩いた。

「それじゃあ、ここで。気をつけて帰れ」

都筑は立ち止まったが、基は軽く会釈しただけで足を止めず、そのまま真っ直ぐ出発ゲートに向かって歩いていった。

細い後ろ姿が人混みに紛れて完全に見えなくなるまでの間、都筑はその場に立って見送る。

「おい」

いきなり背後から肩を摑まれた。

振り向かなくても声で西根だとわかる。

西根は都筑と同じ方向を見つめ、ふう、と大きな溜息をつく。

「よかったのか、行かせて？」

「仕方がない」

今までならば「よけいなお世話だ」と切り返して険悪になったところだが、都筑は肩を竦めただけだった。

ジロリと傍らの男を一瞥する。

相変わらず無精髭《ぶしょうひげ》を生やしていてむさ苦しいが、黒い瞳は澄んでいて人がよさそうだ。今日は作業着ではなく、ジーンズとTシャツを着ている。背の高さはちょうど同じか、もしかすると都筑より少し高いくらいかもしれない。薄いシャツ越しに立派な体格なのがはっきり見て取れた。

「あんたこそ、基に挨拶しなくてよかったのか。わざわざ見送りに来たんだろう？」

「そうしたいのはやまやまだったんだが、あんな熱烈なキスをしている場面を目の当たりにしたら、誰だってここで割り込むのは野暮だと遠慮するさ」

西根が根に持った様子もなくさらりと言う。

「出る幕なんてありゃしない。あっちの彼もそう思って黙って見ていたようだぜ」

あっちの彼、と西根が親指を傾けて示したのは、ジーンだ。

都筑は意外さに目を眇める。よもやジーンまでここに来ていたとは思わなかった。

ジーンが遠慮がちに歩み寄ってくる。

いつものつんとして取り澄ました冷たい印象は薄れ、申し訳なさでいっぱいの、ちょっと面映ゆげな顔をしている。こんなジーンは珍しい。いつものビジネススーツ姿ではなく、半袖《はんそで》の開襟シャツにパンツというカジュアルな出《い》で立ちも、久しぶりに見る気がした。

「すみませんでした」

傍に来るなりジーンは謝る。

「わたしが基さんに変な感情を持ったせいでお二人が不必要に拗れてしまって」

挙げ句、基が帰国することになったのだ。ジーンはジーンなりに後味の悪い心地をしているようだ。

「きみのせいばかりじゃない」

都筑はジーンの緑の瞳を見つめ、思った通りを告げた。

「一番悪いのは俺だ。きみはもう気にするな」

「そうおっしゃっていただけると肩の荷が下ります」

ああ、と都筑はもう一度頷く。

「ところで、あんたどうして俺の秘書を知ってるんだ？」

ふと訝しくなって西根に聞くと、西根はちらりとジーンを横目に見て「べつに知っていたわけじゃない」と答える。

「さっきからずっと俺の傍に立っていて、俺同様あんたと基を見ていたから、きっと知り合いなんだろうと思っただけだ。何度も目が合ったし、合うたびに俺から視線を逸らしていたから、たぶん彼の方は俺を知っていたのかな？」

西根の言葉に、ジーンはそれまでのしおらしい表情を変え、ムッと唇を尖らせる。こんなふうに感情を露わにするジーンはめったに見られない。都筑はおかしくなって口元を綻《ほころ》ばせ、からかうような視線をジーンにくれた。どうやら、ジーンは西根が気になるようだ。そういえば、ずっと「熊」「熊」と嫌そうに表現していたが、あれも普段のジーンからはあまり考えられないことではあった。西根のことを意識しているからこその表現だったのだろう。

「それにしても、よく基を黙って行かせたな」

「仕方がない」

また都筑はさっきと同じに答えた。

ただし今度は、一拍おいて言葉を足す。

「本当は昨日から一週間のオフだったそうだが、俺とこんなことになったものだから、一度日本に帰ってこいと言われたらしい。悪いのは俺だとわかっている手前、俺には止められなかった」

「一週間のオフ？」

西根は知らなかったらしく、まともに虚を衝かれた顔をする。

「基はこっちでの研修を切り上げて帰国したんじゃなかったのか？」

「違う」

それならもっと食い下がったところだ。

都筑は苦い顔つきで西根を睨んだ。

「基も聞いてなかったと言っていたが、最初からこのオフは研修スケジュールに組み込んであったようだ。レストラン研修がハードだから、次の研修に移るまで少し休養させて、ニューヨークを見て回る期間に当てさせようとしていたらしい」

「はぁ……そうだったのか」

先輩の考えそうなことだな、相変わらず基にだけは甘いよな、と西根が呟いた。

まったく西根の言う通りだ。

「それじゃ、また来週には戻ってくるのか。なんだ」

なんだ、などと簡単に片づけられるのはおおいに不服だったが、次の西根の言葉には都筑もバツの悪い思いをした。

「それなのにあんな人目も憚らぬ熱いキスしてたのか、あんた」

「悪かったな」

都筑は気まずさを隠すため、あえてそっけなく答えた。

「ま、基の気持ちを汲《く》んだらこれでどうにか収まるところに収まりそうだな」

西根がつくづく言い、都筑とジーンを交互に、牽制するような目でひと睨みした。

「次はもう二度と基を泣かせるなよ。わかっているだろうな?」

「わかっている。もう言うな」

先ほどから黙って二人の会話を聞いていたジーンも、「申し訳なかったと言っているでしょう」と嫌そうに返事をする。

そろそろ引き揚げどきだった。

「日曜なのに、何も予定はないのか、おまえたち?」

「悪かったね」

今度は西根が同じセリフを返す。案外面白《おもしろ》い男のようだ。都筑は西根ともう少し腹を割った付き合いをするのも悪くないかもしれないと思った。

「ジーン、きみはどうなんだ。もし暇なら、せっかくだからランチでも食べに行くか？」

「三人で？」

ジーンが答える前に西根がちょっと面食らったように聞く。あれだけ険悪に睨み合ったことを考えれば、その戸惑いももっともだ。都筑はぶっきらぼうに「嫌ならあんたは来なくていい」と答えた。

「嫌なんて誰も言ってないだろ。なぁ、ジーン」

西根がジーンの顔を見る。

いきなり名前で呼ばれたジーンは、西根の馴れ馴れしさに綺麗な形の眉を顰《ひそ》めた。それでもこの場は文句を押し殺したようで、プイと顔を背けただけだった。

「ええ。わたしもぜひご一緒させていただけたら嬉しいです」

「なら行くぞ」

都筑は踵を返すと、先頭に立って歩き出す。

背後を西根とジーンが肩を並べてついてくる。

しばしの間基と会えないが、すぐまた来週ここに迎えに来られることを考えると、都筑の胸は清々しかった。

次は二ヶ月だ。いや、もしかするとさらにあと三ヶ月延びるかもしれないと基はこっそり洩らしていた。あまり期待しないでいてくださいね、と控えめに言っていたが、どうやらその話を詰めるためにも一度帰国する様子だった。たぶん、功の方からそういう話をちらつかされたのだろう。

戻ってきてから五ヶ月も基がニューヨークにいてくれるとは夢のようだ。

気持ちを高ぶらせるなと言われても無理である。

次はぜひ都筑のアパートメントに滞在してくれ、と頼むと、基はこくりと頷いた。兄を説得しますと、意を固めた口調で約束した。功はきっと折れるだろう。特に根拠はないのだが、都筑には功の反応がなんとなく想像できる。渋々ながらも、自分で責任が取れる範囲内でなら好きにしろと言うのだろう。

基が再び訪れたら、今度こそ本当の蜜月にする。

抱き締めてキスして可愛がって、二度と基を悲しませないように努力する。なんでも話し合い、お互いの意志を常に確かめることにしよう。もちろん、ハイヤネスにも連れていく。

そして二人でじっくりと、大切な将来のことを話し合うのだ。

ＦＩＮ

あとがき

この本が書店さんに並ぶ頃には夏本番、という天候になっているのではないかと思います。暑いのも寒いのも苦手のわたし。しばらくはがまんの日々が続きそうです。

今回のお話は、昨年春に出していただきました「摩天楼に抱かれて」の続編です。お手に取っていただき、ありがとうございます。

お互いに一目惚れしてあっという間に恋人同士になった二人ですが、果たしてその後うまくやっていけているのでしょうか。東京とニューヨークという超遠距離恋愛は無事に続くのか、都筑の元セフレはおとなしく納得して引き下がるのか、など、様々な憂慮を残して終わった前作でしたが、ぜひ皆さまにもあれからの二人を確かめていただければと思い、本作を執筆させていただきました。

ニューヨーク編となりました本作、少しでもお楽しみいただければ嬉しいです。ご意見・ご感想等、気長にお待ちしておりますので、ぜひお聞かせいただければ幸いです。

執筆の間はずっと前作のノベルズを手元に置き、表紙を眺めながらお仕事を進めておりました。おかげで基さんがめちゃくちゃ可愛らしくはにかんだ人になり（表紙を参照してください）、我ながら「か、かわいい……」と何度も思い、功さんや西根の気持ちがわかる、などと自分のキャラに対して感じていました。お恥ずかしい限りです。でも、本当です……。

円陣先生には、前回に引き続き大変お世話になりました。ありがとうございました。素敵なイラストにいつもくらくらくらとしております。今回特に、口絵の基さんの細くてしなやかな脇から腰のラインを見て、「これは都筑でなくても襲いたくなるよ」と自分自身かなり本気になりかけました。まずいです（笑）。実はこのシリーズ、来年またジーンと西根の番外編を出していただける予定になっております。その際にもう一度お世話になるかと思いますが、どうぞよろしくお願い致します。

この本の制作にお力添えいただきました編集部の皆さまにも、大変お世話になりました。ありがとうございました。

次回のＢＢＮは秋頃、聖《ひじり》さんと大成《たいせい》さんのお話になりそうです。

またぜひ皆さまにお目にかかれますように。

遠野春日拝

◆初出一覧◆
摩天楼の恋人　　　　　　　／書き下ろし

BBN
B●BOY NOVELS
ビーボーイノベルズ
既刊

大好評発売中!

書店にない時は、書店に注文、または通販でGETしてね!

こういうのって恋《こい》じゃねーの？

NOVEL 松岡裕太《まつおかゆうた》
CUT 海老原由里《えびはらゆり》

「何も考えられないほど気持ちよくしてやる」

恋愛経験0の俺に、同居人の秋人がエッチを教えてくれるって!? クールで端正な大人の男なのに、エッチの時はイジワルに豹変しちゃう秋人のレクチャーは、最初にキス、愛撫、そして…♥♥ ハズカシイこと言われても感じちゃうのは、秋人だから??

カラダも心も愛される快感、ラブH指数は上昇あるのみ♥

きみがいなけりゃ息《いき》もできない

NOVEL 榎田尤利《えだゆうり》
CUT 円陣闇丸《えんじんやみまる》

ごくごく一部に熱心なファンがいる（らしい）売れないマンガ家「豪徳寺薫子先生」こと二木。生活能力赤ん坊なみの彼を放っておけず、幼なじみの東海林は文字通り衣食住の面倒を見てやっている。そんな折、二木にメジャー出版社での掲載のチャンスがきた。二人の関係にも微妙な、そして大きな変化が──!?

オール書き下ろしで、榎田尤利初登場！

マネキンは恋《こい》を運《はこ》ぶ♥

NOVEL 夢乃咲実《ゆめのさくみ》
CUT 果桃《かも》なばこ

貧乏会社員・文穂の悩みは、お酒を飲むとものを拾う癖（マネキンとか♡）があること♥

ある朝目覚めると、目つきの鋭い見知らぬ男が同じ布団の中に！ しかも男はニヤリと笑って「むりやり連れてきたんだから、責任持って俺を閉じこめろ！」と強引に居座って……！ 正体は謎だがエグゼクティブらしい彼に戸惑いつつ、熱いキスでメロメロのクラクラに♥

月刊
小説
ビーボーイ
b-Boy
ボーイズラブが
100倍楽しい
スペシャル企画！
甘くときめくラブを
超豪華執筆陣
でお届け♥
イラスト
★円陣闇丸
ラブがいっぱい!! 読み切り充実マガジン♥
ノベルズなどの
最新ニュースも
GET♥
永久保存の
美麗ピンナップ&
ポストカード!!
イラスト★蓮川愛
毎月14日発売
定価680円（税込）
A5サイズ
B BLOS
イラスト★こうじま奈月

大人の濃密愛とH満載のMEN'Sマガジン
熱い愛撫に想いは熟れて――オールよみきり！
BEaST'S LINE-UP!
♠アダルトMEN'Sノベル&コミック
♠読者投稿ショート小説劇場
♠フルカラーで、旬のHOT MENをピックアップ！
アーティスト・フラッシュ
♠大人気イラストレーターによる豪華PIN-UP&CARD
・・・……etc.
イラスト：鹿乃しうこ
『小説BEaST』は、
甘く熱く求めあう男たちの恋を濃縮した、
恋愛小説マガジンです。毎号オール
よみきり&豪華執筆陣で貴女に贈ります！
BIBLOS
季刊 小説ビースト
季刊　A5サイズ　定価750円（税込）
BEaST
Spring → 4/24発売
Summer → 7/24発売
Autumn → 10/24発売
Winter → 1/24発売

ホームページ インフォメーション

＊BIBLOS HOMEPAGE INFORMATION＊

編集部ホームページアドレス
http://www.biblos.co.jp/beeep/

INFORMATION

INFORMATION内の細かいコンテンツをご紹介!
あなたの「知りたい!」にお答えします☆

このアドレスで直接アクセス
http://www.biblos.co.jp/beeep/info/index.html

♥COMICS・NOVELS♥
単行本などの書籍を紹介しているページです。今月の新刊、先月の新刊、バックナンバーを見たい方はコチラへどうぞ!

♥MAGAZINE♥
雑誌を紹介しているページです。ラインナップなど発売前にチェックできるよ!

♥GOODS♥
他社より発売されている商品(トレーディングカード、ドラマCD、OVAなど)の情報がいっぱい!

♥HOT!NEWS♥
サイン会やフェアの情報はこちらでGET!!

♥C.E.L♥
様々なメディア商品を発表していくために生まれたビブロスオリジナルブランド "Cue Egg Lavel"のページです。

♥B.G.N♥
今注目のボーイズラブゲームのノベライズシリーズ・ビーゲームノベルズを紹介したページです。

♥LINK♥
ビブロスで活躍されている先生たちや、関連企業さんのサイトへLet's Go!

AMUSEMENTものぞいてみてね!

ビブロス小説新人大賞

「このお話、みんなに読んでもらいたい!」

そんなあなたの夢、叶えてみませんか?


小説b-Boy、小説BEaSTにふさわしい小説を大募集します!

優秀な作品は、小説b-Boyや小説BEaSTで掲載、またはノベルズ化の可能性あり♡　また、努力賞以上の入賞者には、担当編集がついて個別指導します。あなたの情熱と新しい感性でしか書けない、楽しい小説をお待ちしてます!!

募集要項

作品内容

小説b-Boy、小説BEaSTにふさわしい、商業誌未発表のオリジナル作品。

資格

年齢性別プロアマ問いません。

応募のきまり

- 応募には小説b-Boy・小説BEaST掲載の応募カード（コピー可）が必要です。必要事項を記入の上、原稿の最終ページに貼って応募してください。
- 〆切は、年2回です。年によって〆切日が違います。必ず小説b-Boy・小説BEaSTの「ビブロス小説新人大賞のお知らせ」でご確認ください。
- その他注意事項はすべて、小説b-Boy・小説BEaSTの「ビブロス小説新人大賞のお知らせ」をご覧ください。

注意

- 入賞作品の出版権は、株式会社ビブロスに帰属いたします。
- 二重投稿は、堅くお断りいたします。

ビーボーイノベルズをお買い上げいただきありがとうございます。
この本を読んでのご意見・ご感想をお待ちしております。

〒162-0825 東京都新宿区神楽坂6-46
ローベル神楽坂ビル7階
㈱ビブロス内
BBN編集部

摩天楼の恋人

2004年7月20日 第1刷発行
著者──遠野春日

©HARUHI TONO 2004

発行者──牧 歳子
発行所──株式会社 ビブロス
〒162-0825
東京都新宿区神楽坂6-67FNビル3F
営業 電話03(3235)0333 FAX03(3235)0510
編集 電話03(3235)7806
振込 00150-0-360377
印刷・製本──株式会社光邦
乱丁・落丁本はおとりかえいたします。
定価はカバーに明記してあります。
この書籍の用紙は全て日本製紙株式会社の製品を使用しております。
Printed in Japan
ISBN 4-8352-1612-1